VÄTER
LAND

Christophe Léon, geboren 1959 in Algier, hat neben belletristischen Titeln bereits mehr als 30 Jugendromane geschrieben und zahlreiche Preise für sein literarisches Werk gewonnen. Einer seiner Romane wurde in Frankreich verfilmt, außerdem schreibt er Essays und Theaterstücke. Christophe Léon wohnt in der Dordogne.

Titel der Originalausgabe:
Embardée © Editions La Joie de lire S.A.,
5 chemin Neuf, CH – 1207 Genève

www.mixtvision.de

Übersetzung: Rosemarie Griebel-Kruip
Covergestaltung: Zero Werbeagentur GmbH
Satz: Sandra Knopke & Saskia Klemm, Berlin
Druck & Bindung: GGP Media GmbH, Pößneck

MIX
Papier aus verantwortungsvollen Quellen
FSC® C014496

Unterrichtsmaterial erhältlich

ISBN: 978-3-95854-095-8

VÄTER LAND

VON CHRISTOPHE LÉON

Aus dem Französischen
von Rosemarie Griebel-Kruip

MIXTVISION
Weiter. Erzählen.

Für Tinelie und Christophe,
weil die Liebe kein Geschlecht kennt

1

Die Zeugen vor Ort sagen, dass das Auto zu schnell war, dass es ins Schleudern geraten ist, plötzlich ausscherte und noch fünfzig Meter weiterrollte, bevor es sich in der Mauer eines Wohnhauses verkeilte und zum Stehen kam.

Am Steuer des Wagens sitzt mein Vater. Beim Aufprall hat sich der Sicherheitsgurt in seine Brust eingegraben. Der Schmerz ist heftig, aber nicht andauernd. Es fällt ihm schwer zu atmen, mit geöffnetem Mund holt er geräuschvoll Luft. Einmal. Zweimal.

Neben ihm mein Vater, der nie einen Sicherheitsgurt anlegt, da er es nicht erträgt, angeschnallt zu sein. Mein anderer Vater, um den es nicht so gut bestellt ist. Sein Kopf ist bei dem Crash gegen das Armaturenbrett geprallt. Er blutet stark an der Stirn, die Wunde reicht von der linken Augenbraue bis zur Nasenwurzel. Der beträchtliche Schnitt kommt wohl von den Glasscherben: Die Windschutzscheibe ist in tausend Stücke zersprungen. Mein Vater ist bei Bewusstsein und versucht zu sprechen, aber die Worte kommen wie in Zeitlupe, als steckten sie in seinem Hals fest. Seine Lippen verziehen sich auf groteske Weise, unter anderen Umständen würde man das urkomisch finden.

Aus dem geborstenen Kühler entweicht zischend ein feiner Dampfstrahl. Motoröl läuft über den Boden, die klebrige Flüssigkeit sickert zwischen die Kunststoffsplitter der ramponierten Stoßstange. Die Motorhaube ist zu drei Vierteln geöffnet und verbogen, und wie gesagt wurde die Windschutzscheibe beim Zusammenprall völlig zerstört. Ein Großteil der Glasscherben liegt verstreut auf den Oberschenkeln meiner zwei Väter.

Die Spitze der aufgenähten rosa Raute auf der Weste meines Beifahrer-Vaters ist abgerissen. Sie war schon vorher lose. Mein Fahrer-Vater weigert sich, etwas zu tragen, das er als »Erniedrigung« empfindet; auch wenn er damit gegen das geltende Gesetz verstößt und riskiert, festgenommen und in Untersuchungshaft gesteckt zu werden.

Die Unfallzeugen bestätigen später mit ihrer Aussage übereinstimmend, dass der Fahrer sich zuerst aus dem Auto herausgeschält hat, um das Fahrzeug herumgelaufen ist und dem Beifahrer die Tür geöffnet hat. Sie beobachten, wie er ihn unter den Achseln packt, um ihn aus dem Wageninneren zu ziehen. Drei von ihnen versichern, er habe ihn mit beiden Armen umfasst, das Kinn in seiner Schultergrube, das Gesicht zum Nacken gedreht, als würde er ihn küssen. Die Ermittler protokollieren dieses Detail nicht.

Die Umstehenden sehen dann, dass er ihn gegen die Mauer lehnt und ihm leise etwas ins Ohr flüstert, als wäre er ein Kind oder schwerhörig.

»Seltsam liebevoll, um ehrlich zu sein … «, kommentiert eine Dame.

Mein Beifahrer-Vater erscheint ihnen desorientiert, aber weniger als eine Minute später schafft er es schon, auf eigenen Beinen zu stehen.

Die Augenzeugen kommen ihnen nicht zu Hilfe, da es das Gesetz verbietet, solchen Leuten zu helfen. Einige gehen kopfschüttelnd weiter, vielleicht sind sie bestürzt, andere bleiben einen Augenblick stehen und diskutieren über die Unfallursache. Schließlich rufen ein paar von ihnen, die zuvor schon die rosa Raute entdeckt hatten, die Miliz an, damit sie einschreitet. Eine reine Vorsichtsmaßnahme und ein Zeichen von staatsbürgerlicher Gesinnung, für den Fall, dass die Verunglückten keine Genehmigung hätten, sich in diesem Arrondissement von Paris aufzuhalten. Es sind jene rechtschaffenen Bürger, die mit ihrem Anruf der Telefonnummer 666, welche eigens zu diesem Zweck eingerichtet wurde, die Treibjagd in Gang setzen.

Meine Väter entfernen sich vom Auto, bevor die Bewohner des Gebäudes herauskommen, um sich ein Bild vom Ausmaß des Schadens zu machen. Sie wollen keine Ausschreitungen riskieren und ziehen es vor, mit zusammengebissenen Zähnen zur nächstgelegenen Metrostation zu humpeln.

Die Überwachungskameras des Boulevards folgen ihnen, bis die Kameras der Metro übernehmen, die meinen Beifahrer-Vater auf dem Bahnsteig filmen, wie er seine rosa Raute abreißt und in einen Mülleimer wirft, in der offenkundigen Absicht, unerkannt zu bleiben.

2

Mein Name ist Gabrielle und ich warte auf meine Väter.

Ich werde bald dreizehn. Meine Eltern haben mich bekommen, als ich sechs Monate alt war. Sie haben mich in Afrika abgeholt, genauer gesagt in Mogadischu in Somalia. Schließlich sind sie mit mir nach Frankreich zurückgeflogen und unsere Leben haben sich ineinander verwoben. Wir sind zu einer glücklichen Familie zusammengewachsen, glaube ich – nein, ich bin mir ganz sicher!

Meine Väter heißen George und Phil. George ohne s am Ende, eine kleine Marotte von Papa, der den Konsonanten weggestrichen hat, weil ihm der Name so besser gefällt. Alle beide sind sogenannte »Plastiker«, was nicht bedeutet, dass sie Plastik herstellen! Sie sind Künstler, sie malen, betätigen sich als Bildhauer und nehmen an Happenings in vielen Galerien und anderen Orten der Pariser Kunstszene teil.

Ich müsste die Vergangenheitsform benutzen, da sie seit zwei Jahren davon ausgeschlossen sind.

Als ich klein war, wohnten wir in einem der schönsten Viertel von Paris. Wir lebten in einem richtigen Luxusapartment. Ich hatte mein eigenes Zimmer, das nicht immer aufgeräumt war, aber mir allein gehörte. Die Fenster gingen auf einen Park und ich liebte es, ins Grüne zu schauen, Bäume und Blumenbeete zu betrachten oder die kleinen Kinder zu beobachten, die verbotenerweise die Rasenflächen zertrampelten.

George und Phil arbeiteten zu Hause, in einem geräumigen ehemaligen Schlafzimmer mit hoher Decke, das sie zum Atelier umfunktioniert hatten. Ich durfte immer, wenn mir danach war, hineingehen und es war jedes Mal ein Erlebnis für mich, sie in Aktion zu sehen.

Meine Väter denken sich ständig etwas Neues aus, sie schaffen pausenlos, so wie andere Menschen atmen. Virtuosen der modernen Kunst, habe ich kürzlich in einem renommierten Kunstmagazin aus diesen Jahren gelesen, von dem meine Väter sorgsam ein Exemplar aufbewahren.

In einem Sommer haben sie hundert Bilder von mir gemalt. Kleinformate, die sie „Unser Engel Gabrielle" nannten und durchnummerierten. Die Bilder waren Gegenstand einer Ausstellung und wurden alle an Sammler verkauft.

»Warum habt ihr nicht eins davon behalten?«, fragte ich, als die Ausstellung beendet war.

»Warum? Wir haben doch das Original zu Hause, Gabrielle!«, riefen Phil und George im Chor und ich erinnere mich, dass ich vor Freude bis an die Ohrenspitzen errötete.

Am Abend der Vernissage wollten mir alle Besucher unbedingt ein Küsschen geben. Wie ich das hasste! Die Bärte der Herren piksten, der Lippenstift der Damen hinterließ schmierige blutrote Spuren auf meinen Wangen, aber ich konnte mich nicht verdrücken – ich war die Attraktion der Veranstaltung.

Heute wohnen wir in einer Vorstadt von Paris. Wir dürfen nicht mehr ins Zentrum der Hauptstadt fahren, ohne zuvor eine Genehmigung erbeten und erhalten zu haben – ein von der Stadtverwaltung ordnungsgemäß ausgefülltes und abgestempeltes rosa Papier, dessen Aktenzeichen ich auswendig weiß: CERFA 1012. In den meisten Fällen lehnt die Miliz, die für die Rosa Rauten zuständig ist, den Antrag ab, sodass meine Eltern tricksen und teure gefälschte Passierscheine kaufen müssen.

Wir sind nicht die Einzigen, die hier leben. Alle Rosa Rauten wie auch ihre registrierten Familien sind in dieser extra für uns ersonnenen und »angelegten« kleinen Stadt vereint. George, mein Papa, der sich weigert, seine rosa Raute auf der Kleidung zu tragen, nennt die Stadt Getto.

»Wenigstens wird man nicht mehr den ganzen Tag belästigt«, beschwichtigt dann Phil, mein Papa mit der aufgenähten rosa Raute.

Es stimmt, wir sind hier unter uns. Meine Freundinnen und Freunde haben auch zwei Väter oder zwei Mütter. Wir sind eine Gemeinschaft, in der gegenseitige Hilfe und Solidarität unerlässlich sind.

Im Frühling gibt es das Fest der Rauten. George und Phil hatten eines Abends nach einem Essen mit Freunden die Idee, als sie darüber diskutierten, womit sie die Stimmung der Bewohner des Gettos heben könnten. Die Autoritäten haben es bislang noch nicht verboten und viele von uns beteiligen sich daran und ziehen mit Musik durch die Straßen. Phil hat mir erklärt, dass dieses Fest die kleine Tochter eines viel größeren Festes sei, das früher in Paris veranstaltet wurde.

»Man nannte es den Gay Pride. Du warst damals zu klein, um dich heute noch daran zu erinnern. Nach deinem vierten Geburtstag gingen wir nicht mehr hin. Wir hatten einen Riesenspaß, gemeinsam durch die Straßen zu laufen. Das hättest du sehen sollen, Gabrielle!

Wir tanzten, wir sangen, wir waren so glücklich, mit all den anderen zusammen zu sein.«

Heute Morgen sind meine Väter mit ihrem Auto nach Paris gefahren. Vor ein paar Tagen hatten sie sich zwei gefälschte Passierscheine besorgt.

Nächste Woche ist mein dreizehnter Geburtstag. George und Phil wollten mir ein ausgefallenes Geschenk zu diesem Anlass kaufen. Leider haben wir keinen Internetzugang, er wird den Rosa Rauten systematisch von den Anbietern, die sich den Beschränkungen der Behörden unterordnen, verweigert. Da meine Eltern das, was sie für mich im Sinn hatten, im Getto nicht auftreiben konnten, hatten sie beschlossen, einen besonderen Laden im Pariser Hallenviertel aufzusuchen.

Übrigens hatte Phil zunächst in Betracht gezogen, alleine zu fahren.

»Falls es Ärger geben sollte, hat die Kleine immer noch einen Elternteil bei sich.«

»Was für Ärger?«, regte George sich auf. »Das kommt überhaupt nicht infrage! Ich begleite dich! Gabrielle ist wirklich groß genug und weiß sich auch während unserer Abwesenheit zu helfen, oder? Was meinst du, mein Schatz?«

Blöd wie ich bin, habe ich Ja gesagt.

Meine Väter trennen sich nur ungern, sie lieben sich und das sieht man. Wenn ich mich später mal verliebe, soll es zu hundert Prozent so sein wie bei ihnen. Ich finde nämlich, dass ihr Beispiel das schönste auf der Welt ist. Wenn sie sich umarmen, wenn sie sich an den Händen halten oder sich Zärtlichkeiten zuflüstern, dann strahlen Phil und George im wahrsten Sinn des Wortes, als wären sie von einer leuchtenden Aura umgeben.

Sie sind seit fünfzehn Jahren verheiratet. Inzwischen wurde das Gesetz allerdings geändert, Männer und Frauen wie sie können weder standesamtlich heiraten noch Kinder adoptieren.

»Wenn wir kein offizielles Ehepaar wären«, schimpfte George eines Tages in einem Anfall von Zorn, der ihn ab und zu überkommt, »dann wären wir hier nicht wie Tiere oder Monster eingepfercht! Sie hätten uns nicht registrieren und nicht aus der Stadt vertreiben können.«

»Bereust du es?«, wollte Phil sofort wissen.

George machte den Mund auf, aber es kam kein Ton heraus und er schaute mich lange an, bevor er rief:

»Keine Sekunde!«

Wir umarmten uns ganz fest und ich spürte, wie Phils Tränen auf meine Wange tropften.

*

Die Leute, die mich in der Wohnung abholen, fordern mich auf, mit ihnen zu kommen. Ich verbarrikadiere mich in meinem Zimmer, schließe die Tür ab, verstecke mich unter meinem Bett, während sie alles daransetzen, um mich zur Vernunft zu bringen.

3

George ist eine Naturgewalt. Wenn es sein muss, kann er den großen Kleiderschrank in meinem Zimmer ohne fremde Hilfe verrücken. Als ich ein kleines Mädchen war, kam es mir so vor, als würde sein Kopf die Sterne berühren; seine Schultern waren mein einziger Horizont und seine Augen funkelten jedes Mal, wenn er mich anschaute. Er war mein Beschützer-Papa, der über mich wachte.

Bei uns in der Wohnung ist George für den Haushalt verantwortlich. Er kauft in den staatlichen Läden des Gettos ein, auch wenn die Auswahl nicht berühmt ist. Zum Glück weiß er sich zu helfen und bessert unsere täglichen Mahlzeiten auf dem Schwarzmarkt auf: Waren werden dort zu überteuerten Preisen gehandelt und die Geschäfte spielen sich meist in den Kellern der Wohnanlagen ab, an Orten, die bis zum letzten Augenblick geheim gehalten werden.

Papa George verfügt außerdem über ein nicht zu unterschätzendes Talent: Er ist ein genialer Bastler. Phil nennt ihn seinen MacGyver der Liebe. MacGyver war, wenn ich meinen Eltern glauben darf, der Held einer amerikanischen Fernsehserie der 80er-Jahre, der aus einer einfachen Posaune ein Raumschiff konstruierte, und das in weniger Zeit, als man zum Erzählen dieser Geschichte braucht. Bei uns zu Hause ist George nicht für die Raumfahrt zuständig, aber für die heikle Aufgabe, defekte Küchengeräte oder kaputte und abgenutzte Möbel zu reparieren. Bei unserer Ankunft war das Apartment mit altem Trödel möbliert, kein Vergleich zu dem Luxus unserer vorherigen Wohnung: ein uralter Kühlschrank, ein ausgedienter Staubsauger, wackelige Stühle, ein schiefes Regal und so weiter.

Es ist uns nicht gestattet, einen Handwerker von draußen anzufordern, und es ist uns auch nicht erlaubt, zu arbeiten. Jeder muss irgendwie mit seiner Situation klarkommen.

Ziel sei, so haben mir meine Eltern erklärt, uns in Abhängigkeit zu halten: als den Autoritäten ausgelieferte Sozialhilfeempfänger. Und dies sei ein Grund mehr, Widerstand zu leisten.

»Ist das Gesetz immer gerecht?«, fragte mich Phil eines Tages.

»Was für eine komische Frage, Papa.«

»Nicht wirklich, Gabrielle.«

»Widerstand leisten«, sagte George, um ihn zu unterstützen, »bedeutet oft, sich gegen ein Gesetz oder eine

Regel zu stellen. Phil zum Beispiel akzeptiert es, die rosa Raute zu tragen, ich nicht. Ich kaufe häufig auf dem Schwarzmarkt ein, was Phil ablehnt. Wer von uns beiden bewegt sich in der Illegalität?«

»Ihr nervt mit eurer ewigen Haarspalterei!«

»Wenn du keine gespaltenen Haare haben willst, mein Schatz, ist es manchmal nötig, sie zu schneiden«, murmelte Phil mit fast tonloser Stimme.

»Ach Manno!«

Ich verzog mich und ließ sie alleine darüber debattieren, ob das Gesetz gerecht ist oder nicht, denn, ganz ehrlich, das ist mir zu hoch. Und ab welchem Alter darf man eigentlich Widerstand leisten? Wie soll das denn gehen? Wenn ich mein Zimmer nicht aufräumen will, nenne ich das Widerstand, Phil wiederum nennt es Faulheit.

Solche Diskussionen haben wir fast täglich, seitdem ich nicht mehr in die Schule gehe. Sämtliche schulischen Einrichtungen des Gettos wurden nämlich mittlerweile geschlossen. Anfangs fand ich es toll, bei meinen Vätern zu Hause zu bleiben, doch schon nach kurzer Zeit habe ich mich ziemlich gelangweilt. Da entschied sich Phil, mir Unterricht zu geben – und es war einfach großartig!

Aber bevor ich von meinem Lehrer-Papa spreche, muss ich etwas über seine Person erzählen.

Verglichen mit George ist Phil eher schmächtig. Obwohl er einen Meter fünfundachtzig groß ist, wiegt er nur sechzig Kilo, weshalb er auch so zerbrechlich wirkt. Phil ist kurzsichtig und hat eine runde Brille wie John Lennon (bei dem Unfall verliert er sie, er lässt sie im Auto liegen). Ein kleiner Spleen von ihm ist übrigens, dass er sommers wie winters Tropéziennes trägt, das sind Ledersandalen, in seinem Fall Römersandalen mit um die Knöchel geschlungenen Bändern. Im Winter zieht er Wollsocken an, um sich vor der Kälte zu schützen. Das sieht schon eigenartig aus, vor allem, wenn er seinen einzigen Anzug dazu anhat, der nur Vernissagen und »Bussi-Bussi-meine-Liebe-Abenden« vorbehalten ist.

Als wir noch in Paris lebten, war Phil Anhänger der makrobiotischen Ernährung. George steht eher auf deftige Mahlzeiten wie Hammelkeule, Pasteten und andere Fleisch- und Wurstwaren. Er machte sich oft über Phil lustig und verglich ihn mit einem Zeichentrickhasen (vielleicht auch, weil Phil so große weiße Zähne hat).

»Sag mal, Bugs Bunny, du wirst noch lange Ohren bekommen, wenn du weiterhin so viele Sprossen und grüne Salate isst. Pass auf, dass ich dich nicht in einen Käfig sperre!«

»Und du«, erwiderte Phil im selben Tonfall, »wenn du weiterhin kiloweise blutiges Fleisch verschlingst, wirst du dicker als ein Elefant und ich verdiene ein Vermögen, wenn ich dich an einen Zoo verkaufe!«

Die wesentliche Eigenschaft von Papa Phil ist nach Meinung aller, die ihn kennen, seine unglaubliche Intelligenz. Er weiß einfach erstaunlich viel und noch dazu in den unterschiedlichsten Bereichen. Aber er versteht es, andere nicht mit seinem Wissen zu erschlagen.

Ich habe verdammt noch mal Glück von seiner Klugheit zu profitieren und seine einzige Schülerin zu sein! Kurz und gut, er unterrichtet mich … aber auf eine sehr eigenwillige Art.

In Französisch, um das mal als Beispiel zu nehmen, bedient er sich einer originellen Methode, völlig anders als alles, was ich bislang von meinen Lehrern kannte: Er fordert mich auf, über einen Satz zu diskutieren, ihn zu sezieren und das Wesentliche, die Quintessenz, herauszuarbeiten – ein Begriff, den er überstrapaziert, um mich auf den Geschmack zu bringen.

»Heute«, so beginnt er eine Unterrichtstunde, »schauen wir mal, was du aus diesem Spruch von Francis Ponge herauslesen kannst: Durch seinen Tod zeigt ein Mensch mitunter, dass er würdig war zu leben.«

Das Ende vom Lied ist: Ich rutsche auf meinem Stuhl herum, habe das unangenehme Gefühl, nichts zu kapieren und fürchte, dass sich an diesem Zustand so schnell nichts ändern wird.

Phil lässt mich einen Moment schmoren, bevor er mich mit einem Augenzwinkern auffordert, mich zu äußern.

»Na los, sag einfach alles, was dir durch den Kopf geht! Lockere die Zügel deines Verstandes und lass den Gedanken freien Lauf! Ich notiere alles und danach sprechen wir darüber.«

Und so verwandeln sich die Unterrichtsstunden in spannende Diskussionen, die mich zum Nachdenken animieren.

Es kommt auch vor, dass wir rausgehen und stundenlang im Getto herumspazieren, ohne ein bestimmtes Ziel, nur weil es uns Spaß macht, zufällig irgendwo zu landen. Phil spricht gern über Architektur, über die Wolken, über die Menschen, über die Liebe, über das Leben, über das Glück des Zusammenseins mit den Menschen, die man mag und über vieles mehr.

Manchmal begleitet uns George, aber er mischt sich nie ins Gespräch ein, überlässt es Papa Phil, mein Lehrer zu sein. Man muss keine hellseherischen Fähigkeiten haben, um zu spüren, wie er ihn bewundert.

*

Als sie an meine Zimmertür klopfen, während ich unter meinem Bett liege und ihre beschwichtigenden Worte höre, versuche ich mich an die Sätze von einigen großen Künstlern und Schriftstellern zu erinnern, die Phil gerne zitierte: Es gibt nichts Verwegenes ohne Ungehorsam gegenüber den Regeln. Der Mensch schaltet und waltet, es hängt nur von ihm ab, ob er sich ganz gehören will. Heute ist Feingefühl revolutionär …

4

Als sie endlich in der Metro sitzen, tupft George Phils Verletzungen im Gesicht mit seinem Taschentuch ab. Die Wunde hat aufgehört zu bluten; sie sieht zwar nicht gerade schön aus, aber es ist ein glatter Schnitt, der mit ein paar Stichen genäht gut verheilen wird.

»Wir steigen an der nächsten Station aus, besser, wir halten uns nicht so lange in dieser Mausefalle auf«, flüstert George Phil ins Ohr.

Von meinen Vätern ist er derjenige, der ihre Situation besser einschätzen und darauf reagieren kann. Papa George ist ein praktisch veranlagter Mensch, der unbeschadet aus jeglichem Schlamassel herauskommt. Im Gegensatz zu Phil, der ein Fantast und Traumtänzer ist, und imstande, sich die verrücktesten Sachen auszudenken, um mich zum Lachen zu bringen, hebt George nie zu großen Höhenflügen ab.

»Sie sind sicher schon hinter uns her«, murmelt George, bevor er sein blutgetränktes Taschentuch zusammenknüllt und in seine Hosentasche schiebt.

Sobald sie in die U-Bahn-Station eingefahren sind und sich die Wagentüren öffnen, steigen sie aus und mischen sich unter eine Gruppe amerikanischer Touristen, um zum nächsten Ausgang zu gelangen. Ein Arbeiter des Wartungsdienstes der U-Bahn bemerkt die beiden und benachrichtigt sofort die Überwachungsbrigade, die einige Minuten zuvor, nach dem üblichem Prozedere, ihre Personenbeschreibung per SMS an alle Bediensteten der Metro geschickt hatte.

»Sie gehen zum Ausgang der Rue Douillet … Beeilen Sie sich!«, spricht er übereifrig und Speichel versprühend in sein Handy. Er sieht sich schon als Empfänger der gesetzlichen Prämie für Informanten, die illegale Aktionen von Rosa Rauten in der Hauptstadt anzeigen.

»Wir werden irgendwo abwarten, bis wieder Ruhe eingekehrt ist und man uns vergessen hat«, schlägt George vor, als sie oben auf der Straße angelangt sind. Ohne seine Antwort abzuwarten, packt er Phil am Arm und zieht ihn mit sich. Trotz seiner stechenden Kopfschmerzen gehorcht dieser widerspruchslos und schon hasten sie zu einem vor ihnen liegenden Einkaufszentrum, das beide im Nu verschluckt.

Die Mitglieder der Abfangbrigade, die man zu ihrer Verfolgung losgeschickt hat, beteuern später, dass sie in weniger als fünf Minuten nach dem Anruf des Bediensteten der U-Bahn vor Ort waren. Sie versichern, dass sie die Korridore der Metro sorgfältig durchkämmt haben und auch die Umgebung der Station, allerdings ohne Erfolg. Die vielen Touristen in diesem Stadtviertel erleichtern ihnen die Suche kaum. Und so ziehen sie schließlich wieder ab und lassen zur Sicherheit einen Polizisten zurück, falls die Geflüchteten wieder auftauchen sollten.

*

»Wir sind eingezwängt wie die Sardinen«, beschwert sich Papa Phil.

»Sei doch still!«, herrscht ihn George nervös an und presst das Ohr an die Toilettentür, damit ihm nichts Wichtiges entgeht. Sie sind im erstbesten Café des Einkaufszentrums gelandet. Es ist proppenvoll, daher hat niemand auf sie geachtet. Nicht einmal der Kontrolleur in Zivil, der in seine Sportzeitschrift vertieft ist, hat sie bemerkt, da er völlig in Beschlag genommen ist von der Liste der Auswahlmannschaften für die nächste Weltmeisterschaft – ausnahmsweise also: Es lebe der Fußball!

Papa George hat Phil zur Treppe geschoben, die zu den Toiletten führt, bevor er ihn in die Kabine eines WCs bugsiert.

»Wir rühren uns fünfzehn Minuten nicht von der Stelle, danach sehen wir weiter«, bestimmt er streng, nachdem er das Schnappschloss verriegelt und sich vergewissert hat, dass die Tür richtig verschlossen ist.

Phil protestiert nicht. Er ist zermürbt von seinen Kopfschmerzen, die ihn seit dem Unfall quälen.

Der Barkeeper des Cafés Les Argonautes sagt gegenüber dem Offizier, der ihn im Laufe des Ermittlungsverfahrens befragt, aus, er könne sich nicht erinnern, wann die beiden verdächtigen Personen seinen Laden betreten hätten.

»Wissen Sie, um diese Tageszeit kann ich nicht untätig in der Gegend umherschauen. Der Service fordert meine ganze Aufmerksamkeit, die Kunden machen sich schnell auf und davon, ohne zu bezahlen … Und was Ihre zwei Kandidaten angeht …«

»Es waren Rosa Rauten«, weist ihn der Inspektor mit vorwurfsvoller Stimme zurecht und der Barkeeper gibt einen unterwürfig entrüsteten Seufzer von sich.

Erst nach neunzig Minuten, nicht nach einer Viertelstunde, wie Papa George Phil versprochen hatte, verlassen sie die Herrentoilette des Cafés Les Argonautes. Ihre Beine fühlen sich taub an, weil sie so lange stillstehen mussten. Die Angst, doch noch entlarvt und festgenommen zu werden, sitzt ihnen im Nacken. Sie schlängeln sich zwischen den Gästen hindurch, landen, nachdem sie aus der Bar getreten sind, wieder in der Einkaufsgalerie, die noch genauso überfüllt ist wie zuvor und gehen weiter zur Rue Aloïs Alliaud, einer weit weniger belebten Straße.

Eine Frau, aktives Mitglied der „Liga für die Werte der Familie" (die berüchtigte LWF, die sich dafür einsetzt, Rosa Rauten in die Psychiatrie einzuweisen), hat eine Vorahnung, als ihr die beiden Männer mit großen Schritten entgegenkommen. Mein Papa Phil, mit seinem von einer auffälligen Schnittwunde entstellten Gesicht, erregt besonders ihre Aufmerksamkeit, allein schon durch sein ganzes Auftreten. Seine ledernen Tropéziennes, die sie als unmännlich empfindet, machen sie noch argwöhnischer. Sie schickt unverzüglich eine E-Mail an die Liga, im Anhang ein heimlich mit ihrem Smartphone aufgenommenes Foto von George und Phil. Obwohl sie nicht gut getroffen und ziemlich verschwommen abgebildet sind, vergleicht die Mitarbeiterin der Rufbereitschaft der Liga das Foto mit der Suchmeldung der Abfangabteilung und erkennt meine Väter als zwei Entrechtete auf der Flucht.

Im selben Augenblick trinke ich im Wohnzimmer unseres Apartments ein Glas kaltes Wasser und frage mich ganz gespannt, welches schöne Geburtstagsgeschenk meine Eltern mir bei ihrer Rückkehr aus Paris wohl mitbringen werden. Ich hoffe, sie erlauben mir, es gleich zu öffnen.

Wären die Rosa Rauten nicht unmittelbar nach ihrer Ankunft im Getto gezwungen gewesen, die Handys bei der Behörde abzugeben, dann hätte mich George sicher schon über ihr Pech informiert gehabt und mich zweifellos aufgefordert, so schnell wie möglich die Wohnung zu verlassen und bei Nachbarn Zuflucht zu suchen.

5

Unsere Schwierigkeiten begannen einige Wochen, nachdem ich in die dritte Klasse gekommen war.

Meine Grundschule lag nicht weit entfernt von unserer Pariser Wohnung und Phil und George brachten mich morgens entweder abwechselnd oder gemeinsam bis zum Eingangstor. Die Schule war gerade umgetauft worden. Jahrelang war sie nach Jules Guesde benannt, neuerdings aber nach Pierre-Marie Le Guen. Für ein kleines Mädchen wie mich hatte das keinerlei Bedeutung. Aber eines Abends bei Tisch hatte Papa George vor sich hin geknurrt, wie er das gerne tut, wenn er verstimmt ist, dass der Name eines derart umstrittenen Politikers wie Le Guen nichts auf der Fassade einer Schule der Republik zu suchen hätte.

Er schimpfte, wetterte und zeterte immer weiter, behauptete, das würde ihm den Appetit verderben, nahm sich aber trotzdem eine zweite Portion Lasagne, schüttelte unwillig den Kopf, rollte mit den Augen – kurz gesagt, er zog eine kleine Show ab, um das Ausmaß seiner Missbilligung auch gebührend zum Ausdruck zu bringen.

»Was hast du denn erwartet?«, hatte Phil entgegengehalten.

»Nur weil sie das Rathaus erobert haben, gibt ihnen das nicht das Recht … Stell dir doch mal vor, wie es wird, wenn sie tatsächlich an die Macht kommen.«

George hatte diesen für mich unverständlichen Wortwechsel nicht fortgeführt und ich hatte damals nicht geahnt, welch böse Vorahnung das gewesen war. Beim Nachtisch schien das Erdbeereis seinen Zorn abgekühlt zu haben und er wechselte das Thema – so wie nach einem großen Gewitter immer wieder die Sonne scheint.

Ein paar Tage später spielte ich im Pausenhof mit Agnès, einer meiner besten Freundinnen, Himmel und Hölle, als ein großer Junge aus der vierten Klasse auf mich zukam, im Gefolge eine Gruppe von Gleichaltrigen.

»Du bist eine dreckige Negerin!«, zischte er mit eiskalter Stimme.

Ich hatte dieses Wort niemals zuvor gehört oder zumindest erinnerte ich mich nicht mehr daran, und über meine Hautfarbe hatte ich mir noch nie Gedanken gemacht, sodass ich einen Moment brauchte, um zu kapieren, dass der Junge mich meinte.

»Geh in das Land zurück, wo du herkommst!«, grölte er jetzt lauter, da ich offenbar nicht schnell genug reagierte.

Er spuckte auf den Boden, was seine Freunde ihm sofort nachtaten, dann drehten sie sich um und entfernten sich im Stechschritt, als marschierten sie in einer Militärparade.

Agnès und ich waren völlig verblüfft über die Szene, die sich da gerade vor unseren Augen abgespielt hatte. Ihr Bein hing noch in der Luft, um gleich ins Paradies zu hüpfen, und meine Schuhspitzen waren nur wenige Zentimeter von der Spucke entfernt. So standen wir beide einfach sprachlos da, ohne zu wissen, was wir davon halten sollten.

Vielleicht waren wir einfach überfordert von der Situation oder von der ungewöhnlichen Anspannung, die sich in uns aufgebaut hatte. Jedenfalls mussten wir furchtbar kichern und rannten dann so schnell wir konnten in unser Klassenzimmer zurück.

Am Abend nach dem Unterricht wartete Phil vor dem Eingangstor der Schule auf mich und wir machten uns wie immer zusammen auf den Heimweg.

»Papa?«

»Ja, Gabrielle?«

»Wo ist das, mein Land?«

»Dein Land? Was meinst du mit deinem Land, mein Schatz?«

»Na, mein Land, wo ist das?«

Ich erinnere mich, dass Phil irritiert war. Meine Frage beunruhigte ihn und er wusste nicht so recht, was er antworten sollte. Er pfiff vor sich hin, um gelassen zu wirken, aber seine Hand, die meine umfasst hielt, war feucht geworden.

Dabei hatte ich mit meinen Vätern oft über meine Herkunft gesprochen. Ich war ein Adoptivkind aus Somalia, was mir überhaupt nichts ausmachte, denn ich hatte eine Familie, zwei super Väter und ein richtig gutes Leben.

»Warum stellst du mir diese Frage, Gabrielle?«

Wir waren fast angekommen und ich fühlte mich nicht wohl in meiner Haut, gerade so, als hätte ich etwas angestellt und wüsste nicht, wie ich da wieder rauskommen sollte.

»Ich …«, stammelte ich unschlüssig. »Es ist nur, weil ein Junge mir gesagt hat, ich solle in mein Land zurückgehen …«

»Das ist ein Idiot, Gabrielle! Dein Land ist hier, in Frankreich. Dieser Junge plappert nur dummes Zeug nach, das er zu Hause gehört hat. Aber sag mir zuerst mal, wer das war!«

Wir standen vor den Stufen, die zur Eingangshalle unseres Wohnhauses führten. Phil war plötzlich wie versteinert stehen geblieben, alles Blut war aus seinem Gesicht gewichen, er war kreidebleich. Seine verkrampften Kieferknochen ließen seine Wangen einsinken und seine Backenknochen hervortreten. Seine Nasenflügel bebten, als müsse er gleich niesen.

»Komm mit«, sagte er schließlich, »wir trinken eine leckere heiße Schokolade mit George und du erzählst uns diese Geschichte ganz genau.«

Dann nahm Phil wieder meine Hand, etwas zu fest meiner Meinung nach, und zerrte mich so schnell nach oben, dass ich jede zweite Stufe überspringen musste. Ich spürte, dass etwas nicht stimmte, ahnte aber nicht, worum es ging. Ich verstand nicht, warum er so verärgert war und seinen Zorn an mir ausließ, obwohl ich nichts gemacht hatte. Noch bevor wir die Eingangshalle erreicht hatten, schleuderte ich ihm wütend mit erstickter Stimme entgegen:

»Und außerdem bin ich eine Negerin!«

Beim Essen schauten Phil und George seltsam drein. Geduldig und behutsam erklärten sie mir, was das Wort „Negerin" bedeutet, wie verächtlich und gehässig es war.

»Pass mal auf«, hatte George gesagt, »wenn du eine Negerin bist, dann könnte man uns, Phil und mich,

Bleichsüchtige nennen. Jedenfalls sind das keine schönen Wörter, auf die man sich etwas einbilden kann. Und diejenigen, die sie benutzen, sind Menschen, die keine Selbstachtung haben.«

Ich fand, dass meine Eltern nicht so viel Aufhebens darum machen sollten und bereute es, Phil gegenüber so ausgeflippt zu sein.

Am nächsten Nachmittag hatten sich meine beiden Väter vor meiner Schule postiert. Ich blieb verwundert stehen, schaute sie fragend an. War das wieder eine neue Kunstform, die sie an mir ausprobierten, wie sie es früher gerne machten, wenn ich als kleines Mädchen meine Meinung über ihre Bilder im Atelier abgeben sollte?

Man muss sich Phil und George von Kopf bis Fuß schwarz geschminkt vorstellen. Sie sahen aus wie diese afrikanischen Gestalten aus den Comics von Tim und Struppi, mit dicken wulstigen Lippen und irrem Blick – lächerliche, überspitzte Karikaturen.

Ich war unschlüssig, ob ich loslachen oder mich zu Tode schämen sollte, entschied mich aber dann dafür, zu ihnen zu gehen und mitzuspielen. Heute würde ich sagen, dass meine ganze Erziehung dazu geführt hat, einfach genauso gaga zu sein wie sie.

Allerdings gefiel ihre Verkleidung den anwesenden Eltern überhaupt nicht und es regnete heftige Kommentare.

»Das ist, das ist … , mir fehlen die Worte, also wirklich …«

»Nur weil man sich Künstler schimpft, ist noch lange nicht alles erlaubt …«

»Die sind doch sowieso schon … na ja, Sie wissen, worauf ich anspiele …«

»Das ist gegen die Natur, so was …«

»Glauben Sie mir, das wird nicht lange so bleiben …«

»Eine Schande, eine Schande sage ich Ihnen …«

Zwei Tage hintereinander holten George und Phil mich derart zurechtgemacht von der Schule in unserem Nobelviertel ab, in dem wir damals wohnten, bevor wir hier ins Getto kamen. Sie sprachen sogar die Mutter des Jungen an, der mich als Negerin bezeichnet hatte, und stellten sich als Herr Neger eins und Herr Neger zwei vor.

Zurück in unserer Wohnung schminkten sie sich sofort ab und wir redeten nicht mehr darüber. Am nächsten Morgen beim Frühstück fragten mich Phil und George:

»Heute Abend werden dich wieder Herr Neger eins und Herr Neger zwei von der Schule abholen, bist du immer noch damit einverstanden?«

Ich war einverstanden.

Ich war sogar ziemlich geschmeichelt, zum Star des Pausenhofs geworden zu sein. Meine Freundinnen schauten mich mit Augen groß wie Billardkugeln an. Sie erzählten mir, bei ihnen zu Hause würde viel über meine Väter geredet und sie wären das Gesprächsthema des ganzen Stadtviertels.

Anders zu sein war also gar nicht so übel!

Erst am Donnerstagabend schritt die städtische Polizei ein und forderte meine Väter auf, ihre Provokation zu stoppen, andernfalls …

6

Auf unsere Wohnungstür und auf beide angrenzenden Wände hatte jemand gesprüht: EINE FAMILIE = PAPA + MAMA + KIND(ER).

George und Phil hatten sofort ein Foto davon gemacht und waren mit der festen Absicht, Strafanzeige zu erstatten, zur Polizei gegangen.

Der Empfang auf dem Revier war eher frostig gewesen und alles andere als sachlich. Ein Polizeibeamter nahm ihre Zeugenaussage auf und erklärte, solche Dinge passierten eben manchmal, wenn man es darauf anlegte.

»Wie auch immer«, hatte er beiläufig bemerkt, während er sich über die Tastatur seines Computers beugte, als leide er an starker Kurzsichtigkeit, »man gießt besser kein Öl ins Feuer. Wenn ich Ihnen einen Rat geben darf, in der heutigen Zeit wäre ich an Ihrer Stelle etwas zurückhaltender.«

Phil hatte George gerade noch rechtzeitig am Handgelenk gepackt, bevor er wütend hochschießen und dem Polizisten gründlich die Meinung sagen konnte, diesem Mann, der seinen Abscheu nicht einmal zu verbergen suchte.

Da meine Väter mich über Sachverhalte, die uns angehen, nie im Unklaren lassen, haben sie mir noch am selben Abend von ihrem Erlebnis auf dem Kommissariat erzählt. Ich war wohl kaum älter als acht Jahre und seit der Geschichte mit der Negerin war schon Wasser den Bach hinunter geflossen. Demonstrationen hatten stattgefunden, welche eine Rückkehr zu den alten Gesetzen forderten. Viele wünschten sich die Abschaffung der Ehe für gleichgeschlechtliche Paare und Kinder sollten sie auch nicht mehr adoptieren dürfen.

»Diese Schwachköpfe«, schimpfte George, außer sich vor Zorn. »Was ist das, eine Familie? Ein Mann, der seine Frau schlägt, der sein Kind quält? Nein, ehrlich, das soll ein bewundernswertes Modell sein?«

»Was George sagen will, Gabrielle, ist, dass die Liebe weder ein Geschlecht hat noch eine Hautfarbe«, schaltete Phil sich etwas moralisierend ein. »Die Leute, die durch die Straßen ziehen, haben unrecht. Die Liebe kann man nicht bestimmen, auch nicht die sexuelle Vorliebe. George und ich, wir lieben uns, wir lieben dich und unsere Liebe ist genauso legitim wie die unserer Nachbarn, die unserer Freunde oder die von irgendjemand anderem. Wir müssen uns nicht dafür schämen, dass wir sind wie wir sind – niemals.«

Etwas überfordert von diesen Überlegungen, verstand ich nicht, warum all das solchen Ärger verursachte. Dass sich die Menschen liebten, erschien mir normal und als die natürliche Ordnung der Dinge. Ich maß dem Ganzen keine große Bedeutung bei, auch wenn die Schmierereien auf unserer Tür mich erschreckt hatten, aber jetzt, nachdem sie weggewischt worden waren, dachte ich naiverweise, das Problem sei gelöst.

Einige Tage später gab es einen anderen, weit schlimmeren, Zwischenfall. Es war an einem Samstagabend. Wir warteten auf Phil. Seine Verabredung mit einem Galeristen im sechsten Arrondissement zog sich in die Länge, wie so oft. Inzwischen war es allerdings schon einundzwanzig Uhr, George wurde ungeduldig. Er schaute immer wieder auf das Zifferblatt seiner Armbanduhr und stöhnte leise vor sich hin. Der Tisch war seit dem frühen Abend gedeckt, der Salat war fertig und der Schweinebraten wurde im Ofen warmgehalten.

»Wenn Phil noch länger braucht, wird das Fleisch trocken«, sagte er verärgert. Unruhig wie ein Löwe im Käfig lief er im Wohnzimmer auf und ab.

Für gewöhnlich kocht George für uns, er ist sozusagen unser Chefkoch. Es gefällt ihm, uns liebevoll mit kleinen Gerichten zu verwöhnen, er setzt alles daran, das

Fleisch genau auf den Punkt zu garen, das Gemüse knackig zu servieren und sich Desserts als süßen Abschluss auszudenken.

»Ich werde ihn anrufen«, hatte George schließlich erklärt, als er mit seiner Geduld am Ende war und ein letztes Mal mit einem langen spitzen Messer in den Braten gestochen hatte, um die Konsistenz des Fleisches zu prüfen.

Phil ging nicht ans Telefon, trotz der wiederholten Anrufe von Papa. Die Nachrichten auf seiner Mailbox blieben ohne Antwort und George begann, sich jetzt ernsthaft Gedanken zu machen.

»Was treibt er denn? Denkt der Herr, er sei alleine auf der Welt? Den werde ich zusammenstauchen, wenn er nach Hause kommt … Wie oft habe ich ihm gesagt, abends nicht so herumzutrödeln! Aber nein, das ist ihm egal, er weiß alles besser als die anderen!«

Seit Wochen verzeichnete die Polizei einen Anstieg von Übergriffen auf Homosexuelle und auch auf Franzosen ausländischer Herkunft. Unser vormals friedliches Viertel blieb nicht verschont von diesen Gewaltattacken. Der nordafrikanische Lebensmittelhändler in unserer Straße war schon zweimal von Unbekannten verprügelt und ausgeraubt worden. Man hatte hasserfüllte Slogans mit faschistischen Symbolen auf die Wände seines Ladens gesprüht.

Gegen Viertel vor zehn, als George es kaum mehr aushielt und der Schweinebraten im Ofen längst vertrocknet war, erhielten wir einen Anruf.

»Hallo! Phil?«, schrie George in den Hörer. »Was? Wiederholen Sie das! Oh nein!«

Papa wurde leichenblass. Stumm hörte er seinem Gesprächspartner zu, dann legte er auf, nachdem er angekündigt hatte, sofort zu kommen.

»Wir müssen los, Gabrielle! Schnell!«

Die Notaufnahme roch stark nach Desinfektionsmitteln, ein betäubender Geruch, der einem in die Nase stieg, sobald man durch die automatische Tür gegangen war, und der einem den Magen umdrehte, während das grelle Licht der Neonröhren jeden Schatten ausleuchtete. Die Patienten und ihre Begleiter machten einen so verlorenen Eindruck, als hätten sie sich auf einem fremden Planeten verirrt. Im Wartesaal hatte George mir eine Zeitschrift in die Hand gedrückt, als ihn eine Krankenschwester abholen kam.

»Bleib da und rühr dich nicht von der Stelle!« Georges Stimme war so farblos wie sein Gesicht.

Eine halbe Stunde ganz alleine ist lang. Obwohl ich alles tat, um nicht in Panik zu geraten, spürte ich, dass mir die Tränen in die Augen schießen würden, wenn ich nur eine Minute länger in diesem Raum blieb. Glücklicherweise stand George in der Tür, bevor die Deiche brachen. Er beherrschte sich, um nicht vor mir zu weinen, aber seine Lippen zitterten, als er sagte:

»Gabrielle, wir gehen jetzt nach Hause.«

»Und Papa Phil?«

»Er wird bis morgen früh zur Beobachtung im Krankenhaus bleiben.«

Ich hätte gerne noch nachgefragt, um Näheres zu erfahren, aber eine kleine Stimme in mir flüsterte, dass das jetzt kein guter Zeitpunkt sei.

Der kahl rasierte Kopf stand ihm ziemlich gut. Papa Phil ist ein Mann, der sich jede Frisur erlauben kann, selbst die ausgefallenste.

Zurück aus dem Krankenhaus lag er auf dem Sofa, um sich von den Schlägen zu erholen, die ihm die vermummten Kerle zugefügt hatten, nachdem sie ihn in eine dunkle Gasse gestoßen hatten. Ein Verband aus breiter, makelloser Gaze, unter der sich eine Naht aus einem Dutzend Stiche verbarg, zierte seine Stirn.

»Sie wussten, wer ich war«, hatte Phil berichtet. »Sie haben mich beim Namen genannt.«

»Hast du sie nicht erkannt? Gibt es keinen Anhaltspunkt?«

George befragte ihn unaufhörlich über das, was er erlebt hatte. Er wäre zum Schlimmsten fähig gewesen, wenn er die Angreifer zu fassen bekommen hätte.

»Nein.«

»Was haben sie gesagt? Erinnerst du dich?«

»Nicht jetzt. Die Kleine …«

Phil hatte mich angeschaut, mit unendlich liebevollem Blick, und George hatte heftig eingeatmet. Dann wurde er beängstigend still, wirkte aber auch etwas verstimmt und wartete darauf, dass ich sie endlich allein lassen würde.

»Ich habe ein Recht darauf, es auch zu wissen!«, hatte ich protestiert.

Normalerweise verheimlichten sie nichts vor mir und es kam nicht infrage, dass dies nun anders werden sollte.

Allerdings war schon bald darauf nichts mehr wie zuvor. Dass ich nie erfahren habe, was die brutalen Schläger damals zu Phil gesagt hatten, war nur der Anfang gewesen …

»Wirf einen Frosch in einen Topf mit kaltem Wasser und schalte die Herdplatte auf kleine Stufe. Der Frosch wird langsam erwärmt, ohne es zu spüren, und er wird an Verbrühung sterben. In kochendes Wasser geworfen, würde er keine Sekunde darin bleiben, sondern aus dem Topf springen. Etwas Ähnliches kommt auf uns zu, Gabrielle. Wenn niemand reagiert, wird es ganz schön heiß für uns.«

Erst Wochen nach dem Überfall erzählte mir Phil diese komische Amphibiengeschichte und ich dachte, es sei ein Witz und brach in Gelächter aus.

Es war kein Witz.

7

Mehrere Passanten werden auf meine Väter aufmerksam. Einige mustern Phil sehr eingehend, starren auf seine Schnittwunde zwischen den Augenbrauen, auf das getrocknete Blut, das wie eine Perlenschnur aus rotem Schaum aussieht. George, diesen athletischen Mann mit der entschlossenen Miene, beachten sie weniger.

Vielleicht finden sie es albern, wie fürsorglich meine Eltern miteinander umgehen. George kann nicht anders, er muss seinen Arm um Phils Schulter legen, als dieser bei ihrer anstrengenden Flucht vor Erschöpfung ins Taumeln gerät. Es ist eine rührende, von Herzen kommende Geste der Verbundenheit, George drückt Phils Hand, um ihn gleichzeitig zu stützen und aufzumuntern.

»Ganz ruhig«, flüstert er, »wir sind gleich an der Porte de Montreuil. Alles wird gut, schau nur auf keinen Fall in die Überwachungskameras. Halte wie ich den Kopf gesenkt und benimm dich ganz unauffällig.«

François-Jean Pécot, der Marketingchef einer PR-Agentur, bemerkt die beiden Männer, als sie sich während ihrer Flucht in einer Nische vor einem Geschäft eine Pause gönnen.

»Anfangs habe ich nicht auf sie geachtet, das gebe ich gerne zu. Ich rauchte eine Zigarette auf der Türschwelle der Agentur, ohne an etwas Bestimmtes zu denken. Was mich letztendlich stutzig gemacht hat, war, dass einer der Männer, der kräftigere der beiden, die Hand des anderen Typen in die seine nahm. Gut, jeder hat das Recht zu tun, was er will, allerdings ohne die Grenzen der Schicklichkeit zu überschreiten und das Gesetz zu missachten. Ich bin liberal eingestellt, das wird jeder bestätigen, aber es gibt Regeln und die muss man respektieren. Erfreulicherweise sind die Zeiten der Nachlässigkeit vorbei. Wenn Sie mich fragen, was ich davon halte, dass diese Leute alle am selben Ort wohnen müssen, so würde ich antworten: Das ist eine vorbeugende Maßnahme, für diese Leute ebenso wie für die Bevölkerung. Wir dürfen nicht zulassen, dass so ein Beispiel bei unserer Jugend Schule macht. Wir waren zu lange zu nachsichtig. Natürlich darf man solche Verhaltensweisen nicht verbieten, obwohl ich sie missbillige, aber man muss sie regulieren und zwar so, dass sie nicht die Gesellschaft verpesten und ihre Fundamente untergraben.«

Zu Hause wird mir die Zeit ganz alleine in der Wohnung lang. Das Buch, das ich in der Hand halte, fällt zu Boden und lässt mich hochschrecken. Ein Schauer läuft mir über den Rücken, ich ziehe meine Knie an meine Brust und umfasse sie mit den Armen.

Meine zwei Väter setzen ihren Lauf fort und jeder zurückgelegte Meter bringt sie näher zu mir. Instinktiv wechseln sie immer wieder die Straßenseite, um im Schatten der Gebäude Schutz zu suchen. Phil streift versehentlich eine Passantin, Christiane Tinboux, Hausfrau und Mutter von mehreren Kindern. Er entschuldigt sich höflich, während George ihn besorgt bittet, sich zu beeilen, um keine Aufmerksamkeit zu erregen.

»Das ist eine Schande! Von einer Schwuchtel bedrängt zu werden! Ich habe ein Auge für so was, wissen Sie. Ich wusste sofort, mit welchem Gesindel ich es zu tun hatte, als er mich angerempelt hat. Der Gang, der Geruch, der finstere Blick, Sie verstehen, wovon ich rede, nicht wahr? Wäre ich geistesgegenwärtiger gewesen, dann hätte ich geschrien und die Ordnungskräfte geholt. Wie kann man so was auf der Straße umherirren lassen? Unsere Kinder sind vor ihnen nicht sicher und Sie werden mir nicht weismachen, dass ihr unsittliches Verhalten und ihre obszönen Neigungen keine Gefahr für Minderjährige bedeuten! Die Gesetze sind zu gnädig, sage ich Ihnen. Warum sperren wir sie nicht alle weg? Auf eine weit von uns entfernt liegende Insel? Oder gleich ins Gefängnis? Was sie machen ist widerwärtig! Gegen die Natur! Also, ich bin felsenfest davon überzeugt, Leben heißt Adam und Eva … und keinesfalls Adam und Jean-Pierre oder Eva und Monique!«

Papa Phils Wunde bricht wieder auf und blutet so stark, dass meine Eltern in einer Bar haltmachen und auch dieses Mal wieder die Toiletten aufsuchen müssen. George wischt die Wunde mit dem fleckigen Taschentuch ab, das er schon zuvor benutzt hat.

»Pass auf«, sagt er, »ich muss zu einer Apotheke, Verbandszeug und eine Calendula-Wundcreme besorgen. Wir dürfen das nicht so lassen, die Wunde könnte ansonsten noch weiter aufreißen. Du setzt dich jetzt ins Café, bestellst ein Getränk und wartest auf mich. Ich verspreche dir, mich zu beeilen.«

Phil stimmt matt lächelnd zu und George drückt ihm zärtlich seine Lippen auf den Mund. Ein Kuss, der Phils Augen aufleuchten lässt.

»Keine Sorge«, beruhigt er George, »ich halte durch.«

Notar Saint-Gilles de Larcord betritt genau in dem Moment das öffentliche WC, als George seine Lippen von Phils Mund gelöst hat. Eine Sekunde früher und er hätte sie in Flagranti erwischt. Seit einem Jahr müssen zwei Personen desselben Geschlechts, die sich in der Öffentlichkeit küssen, mit sechs Monaten Gefängnis und einer Strafe von mehreren Tausend Euro rechnen. Aber die Situation ist eindeutig genug, der Notar begreift sofort, wo er die zwei suspekten Männer einzuordnen hat.

»Ich bin Anwalt und habe immer wieder gegen diese Leute prozessiert. Wenn sie anfangen, von Liebe und Freiheit zu faseln, ach was, welch schönes Märchen! Ich antworte mit Recht und Gesetz. Wenn wir ihre Ehen auch noch nicht rechtlich annullieren können, so werden wir uns wenigstens vor ihnen schützen, indem wir sie in gewissen Einrichtungen oder Aufnahmelagern sammeln. Es gibt überhaupt keinen triftigen Grund, das Gesetz nicht anzuwenden. Ihre eigenartigen Verbände, die sie verteidigen, sollen ruhig versuchen, uns einzuschüchtern und Himmel und Hölle in Bewegung setzen. Wir lassen uns davon nicht beeindrucken. Demokratie bedeutet, das Mehrheitsprinzip anzuwenden und die Vernunft. Unsere Mitbürger wollen nichts mit ihnen zu tun haben, das ist gesunder Menschenverstand. Das Recht ist für alle gleich. Mich persönlich widern sie an. Aus diesem Grund bin ich aktiv in einer politischen Partei, damit Sitten und Abstammung, welche das Fundament unserer Gesellschaft und unserer Kultur sind, anerkannt und in der Verfassung verankert werden. Ich kämpfe für den Erhalt unserer ursprünglichen hygienischen Werte, damit die irregeleiteten Praktiken, um nicht zu sagen, die schändliche Vermischung, die Nation nicht endgültig verseuchen.«

Es gelingt George, die Blutung zu stoppen, indem er eine sterile Kompresse auf die Wunde legt und zwei Pflaster über Kreuz darüber klebt. Meine Eltern verlassen die Bar, nachdem sie den Espresso bezahlt haben, den Phil nicht angerührt hat. Auf den Tresen gestützt hat der Mann, der sie auf der Toilette überrascht hatte, schon die 666 angerufen, um zu berichten, was er gerade gesehen hat und eine Personenkontrolle anzufordern. Wegen eines Staus verspätet sich die Polizei und ist erst zehn Minuten nach ihrem Aufbruch vor Ort.

Phil und George erreichen gegen siebzehn Uhr dreißig den Kreisverkehr der Porte de Montreuil. Sie überqueren ihn zu Fuß, laufen im Zickzack zwischen den vielen Autos, bis sie an der Einmündung der Rue de Paris vor dem Ibis Hotel stehen.

»Ich bin fix und fertig«, stöhnt Phil.

»Noch ein kleines Stück, mein Lieber, wir sind fast da.«

»Lass uns doch ein Taxi nehmen.«

»Ein Taxi? Ja, du hast recht«, willigt George ein. Auch er ist sehr mitgenommen. »Den schwierigsten Teil haben wir hinter uns gebracht und im Taxi fallen wir weniger auf … Sieh mal, dort ist ein Taxistand, da gehen wir hin.«

Eine Drohne hoch über ihnen hat sie im Visier, ohne, dass sie es bemerken. Die gezoomten Bilder, die sie zum Überwachungszentrum der Polizei schickt, werden von einem Techniker umgehend an die Abfangbrigade weitergeleitet.

8

Im Sommer meines neunten Geburtstags mieteten meine Eltern wie seit Jahren in Pornichet, ganz nah am Seebad von La Baule, ein großes Zimmer mit einem Doppelbett für sich und einem Etagenbett für mich. Ich durfte mir meinen Schlafplatz aussuchen und wählte immer das obere Bett, aus dem ich durchs Fenster direkt aufs Meer schauen konnte.

Das Hotel L'Échappée liegt direkt an der Atlantikküste, wenige Schritte vom Strand entfernt und nur zehn Minuten Fußweg vom »Club der Wale«. Dort verbrachte ich den größten Teil meiner Ferien damit, unter der Aufsicht von Betreuern, von denen einer netter war als der andere, zu spielen und zu baden.

Ich konnte auch nie genug kriegen von Ausflügen in die Salzwiesen von Guérande oder von Fahrten nach Pornic, bei denen uns George eine Riesenportion Eis spendierte, das mir über Kinn und T-Shirt tropfte, ganz zu schweigen von all der Zuckerwatte, die uns an der Wange pappte, und den Karamellbonbons mit gesalzener Butter, die zwischen den Zähnen klebten. Ich glaube, ich vergesse ihren Geschmack nicht so schnell, denke sogar heute noch daran, während ich auf meine Eltern warte, die sich ganz schön viel Zeit lassen, wieder nach Hause zu kommen.

Damals wurde unsere Abreise von einem Einschreiben gestört, das ein Briefträger am Vorabend vorbeibrachte. Phil bestätigte den Empfang, schloss die Wohnungstür, riss das Kuvert auf und faltete den Brief auseinander. George, der ihm dabei über die Schulter schaute und mitlas, verzog das Gesicht, bevor er ausrief:

»Das musste ja kommen!«

Papa Phil rieb ratlos mit der Hand über sein Kinn. Ich mag das Geräusch, das sein Dreitagebart macht, wenn er mit seinem Handteller darüberfährt. Ein eigenartiges Schaben, bei dem ich mich am liebsten gegen seine Wange drücken würde, um zu spüren, wie sie sich anfühlt. Sie ist rau, sodass man fast daran hängen bleibt und rote Stellen auf der Haut bekommt.

»Du sagst gar nichts dazu?«, regte sich Papa George auf.

»Was soll ich deiner Meinung nach sagen? Wir haben damit gerechnet, oder etwa nicht? Jedenfalls ist es obligatorisch. Aber der Termin ist unpassend, das stimmt. Weißt du was, ich werde schriftlich um eine Terminverschiebung bitten. Schau, das ist möglich, da steht es ganz klein unten auf der Seite. Es kommt nicht infrage, dass wir unsere Ferien wegen eines Stückchens Papier verkürzen. Ich wüsste nicht, warum es so dringend sein sollte, uns zahlenmäßig zu erfassen? Sie wissen, wer wir sind und die Verwaltung kann warten, oder? Du liebe Zeit, wir werden uns doch nicht heimlich davonmachen, als wären wir Mietnomaden.«

George nickte, aber seine Miene verriet nur zu gut, was er dachte. Was mich betraf, so hatte ich noch nie von Mietnomaden gehört. Ich hob erstaunt meine Augenbrauen und stellte mir vor, dass wir zukünftig von Zelt zu Zelt ziehen würden.

Als wir in Pornichet ankamen, erwartete uns eine böse Überraschung: Es war kein Zimmer auf unseren Namen reserviert und das Hotel war komplett ausgebucht. Phil zeigte die Empfangsbestätigung, die er per E-Mail bekommen hatte, aber der Geschäftsführer fand keine Spur einer Voranmeldung.

»Das ist eigenartig, denn wir haben eine Anzahlung geleistet, sie wurde schon vom Konto abgebucht«, erklärte Phil, der immer noch glaubte, es handle sich um ein Missverständnis.

»Natürlich, mein Herr«, erwiderte der Geschäftsführer diensteifrig. Ohne mit der Wimper zu zucken oder seine Ruhe zu verlieren, holte er einen Scheck aus einer Schublade, den er meinen Eltern vorlegte. Dabei schaute er ihnen in die Augen. Der Betrag stimmte auf den Cent genau mit der geleisteten Anzahlung überein.

»Aber wie ist das möglich? Sie haben mir gerade gesagt, wir hätten keine Reservierung und jetzt erstatten Sie uns den Geldbetrag? Halten Sie uns zum Narren oder was?«

Ich stand hinter George, begriff nicht, was sich da vor meinen Augen abspielte, ich sah nur, dass mein Papa vor Wut kochte und seine Fäuste immer wieder ballte, als würde er Nüsse zwischen seinen Fingern zermalmen.

»Es tut mir leid, meine Herren, aber unser Hotel möchte ein gewisses Niveau garantieren und kann keine Gäste aufnehmen wie Sie … Also, ich wollte damit sagen, dass Sie nicht die Klientel sind, die wir zukünftig zu beherbergen wünschen. Wir haben gerade vom Tourismus-Ministerium die Auszeichnung „Traditionelles Familienhotel“ erhalten, die uns verpflichtet, gewisse Verbindlichkeiten zu garantieren …«

George ließ ihn seinen Satz nicht beenden, er stürzte sich auf den Mann und packte ihn am Kragen. Papa Phil musste George umklammern und wegzerren, damit er aufhörte, den Geschäftsführer wie einen Pflaumenbaum zu schütteln.

Ich stand dieser heftigen Auseinandersetzung ohnmächtig gegenüber und fragte mich, wo wir wohl am Abend übernachten würden. Nach zahllosen Telefonaten trieben meine Eltern schließlich eine Ferienwohnung in Saint-Nazaire, einer mehrere Kilometer von La Baule entfernten Stadt, auf. Aber wie groß war meine Verwunderung, als Phil am Telefon vorgab, er mache Urlaub mit seiner Tochter und seinem Bruder.

»Geht klar, sie haben ein Zimmer mit drei Einzelbetten für einen Monat. Ihre Gäste haben im letzten Moment storniert«, erklärte er uns sichtlich erleichtert, nachdem er aufgelegt hatte.

»Ich glaube, wir sollten nach Hause fahren«, brummte George, der sich immer noch nicht von seinem Streit mit dem Geschäftsführer des Hotels erholt hatte.

»Und Gabrielle die Ferien vermiesen?«, empörte sich Phil und verdrehte die Augen, als hätte er gerade den dümmsten Vorschlag seines Lebens gehört.

Es wurde der schlimmste Juli, den wir jemals an der Atlantikküste verbracht haben. Ich musste Papa George Onkel nennen, als würde ich mich schämen, seine Tochter zu sein.

Die giftige Blume des Gütesiegels „Traditionelle Familie“ begann fast überall aufzublühen und schränkte unsere Möglichkeiten ein, wo auch immer wir unterwegs waren. Selbst in meinem heiß geliebten »Club der Wale« konnte ich mich nur einschreiben, weil George den Chefbetreuer seit Jahren kannte und ein freundschaftliches Verhältnis zu ihm hatte. Meine Eltern mussten sich allerdings verpflichten, mich nie gemeinsam hinzubringen oder abzuholen. Sie hielten sich daran, aber es verdarb mir derart den Spaß, dass ich mich in der letzten Ferienwoche weigerte, noch einmal hinzugehen.

An einem Tag, der so grau und verregnet war wie unsere Stimmung, kehrten wir nach Paris zurück. Im Auto herrschte eine bleierne Stille, jeder war in seine eigenen Gedanken versunken. Phil und George wussten schon, dass wir nie mehr nach Pornichet fahren würden, während ich es ahnte und mich damit abfand. Es gab so viele schöne Orte in Frankreich, wo man wunderbare Sommer verbringen konnte, dass ich mir darum keine Sorgen machte.

Und um uns wieder aufzumuntern, würde uns im August ein menschenleeres Paris erwarten, wie geschaffen für Streifzüge und Spritztouren zu dritt, zum Beispiel Spaziergänge am Ufer der Seine, die ich mehr als alles andere mochte. Ein Monat – davon war ich blauäugigerweise überzeugt –, in dem wir uns nicht über das Gütesiegel „Traditionelle Familie“ ärgern mussten!

Doch die größte Überraschung an diesem vorletzten Julitag stand uns noch bevor.

Wir stellten unser Auto in der Straße ab, da die Fernbedienung der Garagentür nicht funktionierte.

»Dabei ist die Batterie ganz neu«, wunderte sich George. »So was Blödes.«

Wir nahmen den Aufzug, beladen mit all den Koffern, die meine Eltern nicht im Wagen zurücklassen wollten, und als wir auf der Schwelle zu unserer Wohnung standen, bemerkte Papa Phil als Erster, dass man eine Nachricht über die Tür geklebt hatte.

»Nicht erfolgte Erfassung. Gleichgeschlechtliches Elternpaar. Gesetz vom 15. März 20...« , las er mit lauter Stimme vor.

»Die können mich mal mit ihrem gleichgeschlechtlichen Elternpaar!«, empörte sich George, riss die Banderole ab und warf sie auf den Boden. »Gehen wir rein, bevor ich mich vergesse«, fuhr er fort und bat Phil, die Tür aufzuschließen.

Ich erinnere mich nicht mehr genau, wo wir in dieser Nacht geschlafen haben. Aber ich weiß noch, dass das

Wohnungsschloss ausgewechselt worden war und dass George bei dem Versuch, die Tür gewaltsam aufzusperren, den Schlüssel abgebrochen hat.

Die Verschiebung des Termins, um die Phil wegen unseres Urlaubs gebeten hatte, war abgelehnt worden und meine Eltern mussten hart kämpfen, um wieder Zugang zu unserer Wohnung zu bekommen.

Bis Mitte Oktober, lange nach Schulbeginn, wohnten wir in einem Hotel, in zwei getrennten Zimmern. Phil und ich teilten uns eins davon und auch dort nannte ich Papa George wieder Onkel, da es nahezu unmöglich geworden war, eine Unterkunft zu finden, die nicht das Gütesiegel „Traditionelle Familie“ trug.

9

Die Dokumente kamen mit der Post. Ein Packpapierumschlag, auf dem oben links eine Marianne, die Symbolfigur der französischen Republik, zu sehen war und quer darüber ein Stempel mit der Aufschrift: VERTRAULICH, EILIGE TERMINSACHE.

Papa George hielt das Kuvert mit weit von sich gestrecktem Arm zwischen seinen Fingern, als habe er Angst, sich daran zu verbrennen. Er legte den Umschlag auf den Küchentisch und rief in den Raum:

»Wenn es das ist, was ich glaube …«

Nur diese paar rätselhaften Worte.

Phil starrte den Umschlag lange an, er konnte seinen Blick nicht davon lösen. Mir fiel auf, dass sein rechtes Auge leicht zuckte und dass er die Hände ständig aneinander rieb, als würde er sie unter Wasser abspülen.

Ich stand etwas abseits neben dem Kühlschrank, ein Glas Wasser mit Grenadine-Sirup in der Hand. Ich war fast elf Jahre alt und hatte gerade eine Grippe überstanden, die mir eine ganze Woche Bettruhe abverlangt hatte. Noch war ich etwas fiebrig, hatte wacklige Knie und fühlte mich ziemlich kraftlos.

Uns blieb nicht mehr viel Zeit in unserer schönen Wohnung.

Aber wie hätte ich das ahnen sollen? Wenn die Vorzeichen sich auch häuften, so war ich damals zu arglos oder vielleicht zu sehr in meine eigenen kleinen Geschichten verwickelt, um mit dem Schlimmsten zu rechnen – obwohl Phil mir anvertraut hatte, dass sich früher oder später immer das Schlimmste ereignen wird.

Der Umschlag machte mich neugierig. Die Aufmerksamkeit, die meine Eltern ihm schenkten, war nicht normal. Strahlte er nicht irgendwie eigenartig? Aber nein! Wie dumm, etwas anderes darin zu sehen als ein Stück bedrucktes Papier!

Seit Monaten herrschte bei uns zu Hause die Atmosphäre eines Belagerungszustands. Das erklärt vielleicht die Anspannung, in der sich George und Phil befanden, als wir den Brief erhielten.

Papa Phil behauptete, wir würden zukünftig in einem Kaninchenbau leben, eine Familie von Hasen, umstellt von bösen Jägern. Selbst wenn das ein Witz sein sollte (aber das Schlimmste ist ja immer möglich, oder?) und er die Oberlippe hochzog, um seine Zähne zu zeigen und ein Zwergkaninchen im Käfig nachzuahmen, gefiel mir die Vorstellung, Jagdwild zu sein, gar nicht.

»Erzähl nicht so einen Schwachsinn, du machst der Kleinen Angst«, hatte George, der überhaupt nicht empfänglich war für seine tierischen Scherze, ihn angefahren.

Papa George schleppte seinerseits nun immer ein Messer in der Tasche mit sich herum, trotz der spöttischen Bemerkungen von Phil, der das reichlich melodramatisch fand:

»Was willst du mit deinem Säbel anfangen? Die Dummheit in Scheiben schneiden?«

»Mich wehren.«

»Gegen wen?«

»Spiel nicht den Idioten, du weißt nur zu gut …«

Dieses Messer beruhigte mich nicht. Es erschien mir wie ein Zeichen von Schwäche. War George nicht stark genug, um sich ohne Waffe zu wehren? Und was bedeutete sich wehren – gegen wen denn wehren?

In der Schule fassten mich die Lehrer und Lehrerinnen mit Samthandschuhen an. Ich war die kleine Prinzessin und das ging einigen in meiner Klasse auf die Nerven. Dabei war ich gar nicht so zu bedauern und erst recht nicht so verzweifelt, dass man mich derart verhätscheln musste. Wir waren Hunderte, sogar Tausende von Familien, die unter den neuen Gesetzen zu leiden hatten. Aber wir lebten in Frankreich, was sollte uns schon passieren?

Phil hoffte übrigens, dass sich alles doch noch zum Guten wenden würde.

»Das ist die Wirtschaftskrise«, behauptete er. »Die allgemeine Verdrossenheit, nichts anderes … Man muss jemandem die Schuld zuschieben, um davon abzulenken, am besten einer sichtbaren Minderheit. Aber du wirst sehen, George, nach einiger Zeit kümmern sie sich nicht mehr um uns.«

Ein Ereignis hat mich allerdings so getroffen, dass ich eine ganze Nacht nicht geschlafen habe.

Meine beste Freundin Agnès sagte eines Tages zu mir:

»Mama möchte nicht mehr, dass du zu uns nach Hause kommst.«

»Warum?«

»Wegen Papa. Er ist Beamter und will keinen Ärger bei seiner Arbeit.«

»Wenn ich zu Euch komme kriegt er Ärger?«

Agnès zuckte mit den Schultern. Sie sah auch keinen Zusammenhang zwischen meiner Person und der Arbeit ihres Vaters. Ich bin dann nie mehr mittwochnachmittags zu ihr gegangen, wie ich es sonst immer gemacht hatte, und ihre Eltern haben ihr nicht mehr erlaubt, uns zu besuchen.

Die Wochen vergingen und wir warteten darauf, dass sich unsere Lebensumstände in der Gesellschaft verbesserten – aber es gab keine Verbesserung, im Gegenteil. Wir gingen nicht mehr essen, wir machten keine Spaziergänge mehr im Park, Kino war nur noch eine weit zurückliegende Erinnerung, denn unser Stadtviertel trug jetzt auch das Gütesiegel „Traditionelle Familie“.

Meine Väter zogen sich tagsüber und einen guten Teil des Abends in ihr Atelier zurück. Sie waren geradezu berauscht von ihrem neuen künstlerischen Projekt und ihre Begeisterung dafür war umgekehrt proportional zu ihrem sonstigen Stimmungstief. Ihre Kunst ermöglichte ihnen, auszubrechen und den trostlosen Alltag zu vergessen. Sie kamen müde und benommen aus dem Atelier, waren aber glücklich, sich noch über ihre Malerei und Bildhauerei ausdrücken zu können.

»Auf diese Art und Wiese leisten wir Widerstand«, rechtfertigte sich George einmal, als ich mich über ihre langen Arbeitszeiten beschwerte. »Indem wir weiterhin das bleiben, was wir sind, nämlich Künstler, widersetzen wir uns der Barbarei am besten. Wir müssen unser Leben mit Kunst füllen und unsere Kunst mit Leben.«

Der Galerist, bei dem sie seit so vielen Jahren ausstellten, setzte sie darüber in Kenntnis, dass er sie aus dem Programm nehmen würde. Er hatte sich dazu entschlossen, die Gemälde meiner Eltern, die an den Wänden seiner Galerie hingen, abzunehmen. Natürlich bedauerte er es, durch die Umstände dazu gezwungen zu sein, aber die Geschäfte, »ihr wisst ja, wie das läuft ...«.

Das Kultusministerium bewertete ihre Arbeiten schon bald als entartet. Der neue Minister gab eine Presseerklärung ab und bekräftigte, dass die »Pseudo-Bildhauer« Phil und George in ihrer »vermeintlichen Kunst« die ungesunden Neigungen einer auf Abwege geratenen Lebensweise verkörperten.

Ein anderer bekannter Bildhauer, Arnold Bréquerre, aktueller Liebling der Obrigkeit, hatte diese Einschätzung während einer Ausstellung seiner eigenen Werke bestätigt. Das Museum Petit Palais hatte ihm eine Retrospektive gewidmet und alle Kritiker bezeichneten sein Schaffen als die »wahre Kunst«. Die gesamte Fachpresse wiederholte seine Äußerungen und meinen Eltern wurde das Recht auf eine Gegendarstellung verweigert.

Ich sehe die besagte Szene vor mir, als wäre es gestern gewesen: Der Umschlag, den wir gerade mit der Post bekommen hatten, lag auf dem Küchentisch. Nach kurzem Zögern ergriff Phil das Kuvert, öffnete es, drehte es um. Zwei rechteckige kunststoffbeschichtete Karten fielen auf den Tisch, sowie zwei Rauten aus rosafarbenem Stoff. Ein Begleitschreiben lag daneben.

»Niemals, hörst du, niemals werde ich das hier tragen«, polterte George außer sich vor Wut und zeigte mit ausgestrecktem Finger auf die Rauten.

Papa Phil nahm eine der Karten, die jetzt ihre Personalausweise waren, und schaute sie sich genau an, bevor er sie wieder hinlegte.

»Das ist nicht so schlimm, wie es scheint …«

»Willst du mich auf den Arm nehmen?«, brüllte George, stürzte zum Tisch und fegte mit einer Handbewegung alles auf den Boden.

Ich erinnere mich, dass einer der Ausweise auf meinen Füßen landete, während meine Eltern anfingen, sich zu streiten. Ich bückte mich. Meine Knie knackten und ich dachte, es würde mich nach all den Tagen im Bett umhauen. Ich betrachtete die Karte gründlich und vermied es, sie anzufassen. Vielleicht hatte ich Angst, sie würde nach mir schnappen.

Am oberen rechten Rand war, plastisch hervortretend, eine rosa Raute von etwa einem Zentimeter Länge aufgedruckt. Sie sah aus wie eine Fliege, ähnlich dem Logo einer berühmten Kleidermarke, die ein Rugbyspieler kreiert hat. (Phil, der diesen Sport nicht mag, würde dem Rugbyspieler das Adjektiv hirnlos hinzufügen.)

Ich richtete mich gerade wieder auf, meinen Rücken fest an den Kühlschrank gedrückt, um mich hochzuschieben, als George mit lauter Stimme und ohne seinen Widerwillen zu verbergen, den Brief, vor dem ihm so graute, vorlas: »Meine Herren, um Ihre Sicherheit zu gewährleisten, überreicht Ihnen das Polizeipräsidium Paris Ihre neuen Personalausweise, welche die alten ersetzen. Sie sind verpflichtet, sie stets bei sich zu tragen. Die vorgeschriebenen rosa Stoffrauten, die Sie mit gleicher Post erhalten, müssen unbedingt an Ihrer Kleidung befestigt und für die Behörden gut sichtbar sein. Keinerlei Veränderung ist zulässig, weder die Maße, noch die Farbe betreffend. Es handelt sich um eine reine Sicherheitsmaßnahme. Jegliche Aggression gegen Sie wird somit als homophob erkannt und kann strafrechtlich verfolgt werden. Die Regierung beabsichtigt, Sie damit zu schützen und den Ordnungskräften die Möglichkeit zu geben, Ihre Sicherheit zu garantieren. Mit freundlichen …«

»Diese verdammten Hohlköpfe!«, fluchte George, nachdem er den Brief in seiner Hand zerknüllt hatte. (Das war nicht der Moment für Höflichkeiten.) »Unsere Sicherheit! Sonst noch was? Halten die uns für blöd? Es kommt nicht infrage, dass man mich brandmarkt wie ein Zuchtschwein! Man weiß ja, was mit den Schweinen passiert …«

Phil blieb stumm, er war offenbar zu schockiert über das, was er gerade gehört hatte.

»Was bedeutet das?«, fragte ich.

»Nichts«, antwortete Phil hastig. »Nichts, mein Schatz …«

»Nichts?«, donnerte George, außer sich. »Du meinst wirklich, es wäre nichts?«, ereiferte er sich, bevor er aus der Küche stürmte.

Ich ging zu Phil und setzte mich mit vor Angst und Schwäche schlotternden Knien auf seinen Schoß.

Papa streichelte mir über den Kopf. Seine Finger kraulten meinen Nacken, wie ich es mag. In seinen Armen fühlte ich mich geborgen. Aber eine Frage quälte mich: »Sind wir jetzt Frösche oder Schweine, Papa?«

Phils Blick ruhte auf mir und es lag eine große Niedergeschlagenheit darin.

»Aber nein, Gabrielle, George ist verärgert, das ist alles. Außerdem, schau mich doch an. Sehe ich aus wie ein gekochter Frosch?« Er versuchte das Ganze herunterzuspielen und deutete ein schiefes Lächeln an. »Ab heute müssen George und ich Tiger sein und du verwandelst dich in eine Tigerin.«

Die Vorstellung, ein Raubtier zu sein, gefiel mir.

Ich protestierte nicht, als Phil mich sanft auf die Beine stellte und aufstand.

»George!«, rief er. »George, bitte, mein Lieber!«

Er ging hinaus und ließ mich alleine in der Küche zurück mit all den über den ganzen Boden verstreuten Papieren.

In den folgenden Tagen verdoppelten meine Eltern ihren Arbeitseifer.

Neu war, dass wir von einem ununterbrochenen Strom von Freunden und Bekannten überschwemmt wurden. Frauen und Männer gingen im Atelier ein und aus, während es mir nicht mehr erlaubt war, mich dort aufzuhalten. Die Wohnung wimmelte vor Menschen und es herrschte eine ständige Unruhe.

Ich war vor oder nach der Schule damit beschäftigt, Getränke und Snacks zu servieren, wenn man mich darum bat. Ich gehorchte, ohne zu widersprechen, und hatte den Verdacht, dass sich etwas noch nie Dagewesenes zusammenbraute.

Das Geheimnis, das ihre Arbeit umgab, ließ mich nicht los. Ich stellte viele Fragen, aber die Antworten, die mir meine Väter gaben, waren vage oder gingen an der Frage vorbei. Sie vermieden das Thema so weit wie möglich.

Trotzdem gelang es mir, Phil auszuhorchen. Er vertraute mir schließlich unter dem Siegel der Verschwiegenheit den Titel ihrer nächsten Ausstellung an:

H, O, M, M, O, T, S.

»Verrate George nicht, dass ich dich eingeweiht habe, er würde mir derart den Kopf waschen …«

»HOMMOTS? Klingt eher wie eine Beleidigung, aber was soll das bedeuten, wenn es so geschrieben wird, Papa?«

»Du wirst es zu gegebener Zeit erfahren, Gabrielle. Ich kann dir nur sagen, dass es fotografische Werke sein werden, wie wir sie noch nie zuvor gemacht haben.«

*

Als eine Frau mich unter meinem Bett hervorzieht, als sie mich bittet, still zu sein und ich mich wie eine Tigerin wehre, als es ihr gelungen ist, mich unter Mithilfe eines Mannes aus meinem Versteck herauszuholen, sehe ich als erstes das Bild. Ich sehe das HOMMOT, das wir ins Getto geschmuggelt haben und das einen großen Teil meiner Zimmerwand bedeckt. Die anderen Bilder sind von der Polizei zerstört worden.

10

»Meine Herren, wir werden begleitet«, teilt ihnen der Taxifahrer mit neutraler Stimme mit.

»Wie meinen Sie das, ›begleitet‹?«, fragt George besorgt.

»Sehen Sie dieses Kästchen?«

Der Mann, der eine irische Schirmmütze aus dunkelgrauer Wolle bis an die Ohren gezogen hat, lenkt ihre Aufmerksamkeit auf einen kleinen, schwarzen quadratischen Apparat, der auf dem Armaturenbrett des Wagens zwischen Lenkrad und Windschutzscheibe steht.

»Das ist ein Drohnendetektor, ein sogenannter Schakal. Und das gelbe Lämpchen da leuchtet, seitdem wir losgefahren sind; es zeigt an, dass uns eines dieser mit Elektronik vollgestopften Bienchen beschattet.«

»Sind Sie sicher?«, fragt Papa Phil.

»So sicher, wie zwei plus zwei vier ergeben, verehrter Herr! Kein Wunder, sage ich Ihnen, sobald man in diesen elenden Vorstädten unterwegs ist, wird man stärker bewacht als die englischen Kronjuwelen. Und das alles wegen des Gettos für die … Nun ja, ich erzähle Ihnen ja nichts Neues, oder?«

Der Taxifahrer wirft ihnen durch den Rückspiegel einen Blick zu und lächelt zuvorkommend.

»Oh, keine Angst, nein wirklich, für mich ist ein Kunde ein Kunde. Alles andere interessiert mich nicht. Aber wenn ich Ihnen einen Rat geben dürfte, dann wäre es besser, nicht an der Adresse auszusteigen, die Sie mir angegeben haben. Dort werden Sie sicher erwartet …«

Eine kurze Stille tritt ein. Dann räuspert sich der Fahrer, bevor er weiterspricht:

»In drei Minuten durchqueren wir einen Tunnel. Die Drohne wird uns auf jeden Fall aus den Augen verlieren, auch wenn ihre Radarsysteme ihr anzeigen, dass wir uns nicht in Luft aufgelöst haben. Also, ich kann zwar keine Garantie geben, aber ich schlagen Ihnen vor, Sie dort abzusetzen und ohne Sie weiterzufahren.«

Der Mann schaut erneut in seinen Rückspiegel, ist gespannt auf die Reaktion seiner Fahrgäste.

»Die Drohne wird mein Taxi weiter verfolgen, weil Sie nach ihrer Information noch im Auto sitzen – ist ja schließlich nur eine Maschine. Das dauert so lange, wie es eben dauert, keine Ewigkeit, darauf gebe ich Ihnen mein Wort, aber ich glaube, es bleibt Ihnen genug Zeit, sich aus dem Staub zu machen. Ich werde dann eine ganze Ecke weiter einen Parkplatz suchen und mir einen kleinen Schwarzen genehmigen. Nein, lieber einen Doppelten, auf Ihr Wohl! So viel ich weiß, ist es nicht verboten, eine kleine Kaffeepause einzulegen, nicht wahr?«

»Warum machen Sie das? Sie riskieren doch Scherereien«, fragt ihn George.

»Sie beide sehen wirklich nicht gerade aus wie gefährliche Verbrecher. Habe ich recht oder nicht?«

Der Fahrer bricht in bellendes Gelächter aus, das in einem Hustenanfall endet. Er atmet tief durch und sagt dann:

»Nur der Herr mit seiner Wunde zwischen den Augen sieht etwas schaurig aus … Aber gut, das ist nichts Ernstes, nehme ich an. Mir passt es nicht, wenn man mich den ganzen Tag überwacht, das ist manchmal verteufelt schwer auszuhalten. Es sind nicht Scherereien, die mir Angst machen. Außerdem befolge ich nur die Wünsche meiner Kunden und das kann man mir nicht vorwerfen, oder? Ich bin ein Taxifahrer, kein Zollkontrolleur! Sie können sich ja sagen, dass es meine gute Tat für heute ist.«

Nach einem dritten Blick in den Rückspiegel redet er weiter:

»So, und jetzt entscheiden Sie sich! Wir können nicht bis zum Sankt-Nimmerleins-Tag warten. Wir sind gleich da.«

Der Tunnel ist vierhundert Meter lang und hat nach der Hälfte der Strecke eine Standspur für den Fall eines Unglücks. Der Fahrer kennt diese Stelle. Er lächelt wieder und genau dieses Lächeln überzeugt meine Eltern, ihm zu vertrauen.

»Einverstanden«, erwidert George. »Aber kann ich Sie vorher noch um etwas bitten?«

»Ja, worum geht's?«

»Würden Sie mir vielleicht ein Handy leihen, damit ich jemanden anrufen kann?«

»Das lässt sich machen.«

Der Fahrer wühlt im Handschuhfach, holt ein Telefon heraus und reicht es über seine Schulter an George weiter.

»Beeilen Sie sich, wir haben nicht ewig Zeit. Und Ihr Freund kann mir währenddessen die Fahrt bezahlen, dann sind wir quitt.«

»Mein Mann«, korrigiert ihn George, ohne zu wissen, warum. Vielleicht eine Art Provokation, um den Taxifahrer zu testen.

»Das ist nicht mein Bier, Sie sind erwachsen«, beschwichtigt dieser.

George tippt eine Nummer, während das Taxi abbremst, um schließlich mit eingeschalteter Warnblinkanlage auf die Standspur zu fahren.

»Was Ihren Anruf angeht, fassen Sie sich kurz. Sie können mit ihren Drohnen alles abhören, was Sie am Telefon sagen, also kein Wort über das, was wir im Tunnel vorhaben«, warnt der Fahrer. »Und machen Sie keine genauen Angaben, sonst werden sie Sie aufgreifen. Sie müssen bluffen, wenn Sie verstehen, was ich meine.«

Papa Phil bezahlt, während George mich nicht anruft und weniger als eine Minute mit seinem Gesprächspartner redet. Kurz darauf verlassen die beiden das Taxi. Die Drohne nimmt ihre Jagd am Ausgang des Tunnels wieder auf.

»Wir warten ein paar Minuten hier«, schlägt George vor.

»Du hast alles für Gabrielle in die Wege geleitet? Hoffentlich geht das gut.«

Später werden die Autofahrer sie zu Fuß auf den nördlichen Ausgang des Tunnels zulaufen sehen. Einige hupen, andere blinken mit den Scheinwerfern auf.

11

Die letzte Ausstellung meiner Eltern war einen Monat vor unserem Umzug.

Seit einiger Zeit wurden gleichgeschlechtliche Paare, die verheiratet waren oder in eingetragenen Partnerschaften lebten, aufgefordert, in die Pariser Vorstadt zu ziehen. Das Gesetz war verabschiedet und die Verordnung im Bundesgesetzblatt veröffentlicht worden. Unverheiratete waren noch nicht betroffen, obwohl das zahlreiche Verfechter der Moral nachdrücklich verlangten und die seit Kurzem an der Macht befindliche Partei dies auch kurzfristig durchsetzen wollte.

Wir waren unter den Letzten, die sich nicht entschließen konnten, ihre Wohnungen zu verlassen. George hatte sich mit den Möglichkeiten auseinandergesetzt, ins Ausland zu emigrieren, aber die Behörden bestanden darauf, dass man vorab eine gewisse Zeit im Getto gelebt hatte.

»Wenn wir da hinziehen«, sagte er eines Abends, nachdem er diese Lösung unter allen möglichen Gesichtspunkten geprüft hatte, »dann sitzen wir fest. Ich wette, die Bedingungen, das Land zu verlassen, werden später so kompliziert sein, dass wir nie mehr wegkommen.«

»Du bist zu pessimistisch«, entgegnete Phil. »Wir leben ja nicht im Frankreich von 1940.«

»Nein, es ist schlimmer! Heute sehen wir, wie sich die Geschichte wiederholt und keiner rührt einen Finger.«

Meine Eltern brauchten mehrere Tage, um zusammen mit Freunden die Ausstellung aufzubauen. Eine leer stehende Halle, die einem ihrer Bekannten gehörte, war für diesen Anlass zur Verfügung gestellt, die Einladungen unter der Hand verteilt worden. Es herrschte eine geheimnisvolle Atmosphäre rund um ihre Arbeit. Ich durfte nicht dabei sein, nicht einmal bei den Vorbereitungen helfen. Ich weiß, dass George und Phil sehr viel Geld ausgegeben hatten, um dieses Projekt zu entwickeln.

»Das Geld ist kein Selbstzweck, mein Schatz, sondern ein Mittel zum Zweck. In Wahrheit sind wir nur reich, wenn wir Beziehungen zu anderen Menschen haben, und wir existieren nur durch sie. Weil wir verschieden sind, sind wir uns ähnlich«, erklärte mir Papa Phil in einer etwas schulmeisterlichen, aber aufrichtigen Predigt, nachdem wir bereits im Getto wohnten. »Wenn Arthur Rimbaud (diesen Dichter kennst du doch, nicht wahr?) in einem Brief schreibt: »Ich ist ein

Anderer«, hat er meiner Ansicht nach genau das gemeint, Gabrielle. Später wirst du das hoffentlich verstehen.«

George ist weniger poetisch veranlagt als Rimbaud und Phil, und er ist, was Geldangelegenheiten angeht, nicht der gleichen Überzeugung. Nicht selten beklagte er sich über gewisse Ausgaben für Investitionen, die er zu kostspielig fand.

Einen Tag vor der Vernissage, an einem späten Freitagabend, saßen wir wie immer in der Küche beim Abendessen. Am Ende der Mahlzeit zwinkerte George Phil zu und drehte sich dann zu mir.

»Gabrielle?«

»Ja?«

»Wie wäre es mit einer kleinen privaten Führung durch die Ausstellung?«

»DIE HOMMOTS!«, platzte ich heraus.

George runzelte die Stirn und warf Phil einen vernichtenden Blick zu.

»Du hast es ihr gesagt, wie? Du konntest nicht anders, stimmt's?«

»Ich? Aber überhaupt nicht!«, flunkerte Phil.

George fiel nicht darauf herein:

»Ach, ihr beiden!«, rief er aus.

Ich fürchtete schon, dass es jetzt keine Besichtigung mehr gäbe, aber Papa George nahm mich an der Hand und nach ein paar Sekunden unerträglicher Stille fragte er:

»Kommst du jetzt mit oder möchtest du lieber gleich ins Bett gehen?«

Die Nacht hatte das Industriegebiet mit einem rußschwarzen Schleier überzogen. Ein Insektenschwarm surrte um die Kugelleuchten der wenigen Laternen, die noch funktionierten. Die Scheinwerfer unseres Autos waren eingeschaltet geblieben. Sie strahlten uns von hinten an und projizierten Schatten, die immer mehr in die Länge gezogen wurden, bis sie in einem schmalen Faden endeten, den die Dunkelheit verschluckte. Das war doch wirklich kein Ort für ein derartiges künstlerisches Ereignis. Wer würde sich freiwillig in ein Labyrinth von Werkshallen begeben, von denen eine trostloser aussah als die andere? Ich war zu sehr an den mit Filz ausgelegten Komfort der Galerien des sechsten Arrondissements von Paris gewöhnt. Keine fünfzig Meter von hier dröhnte unablässig der Motorlärm der Ringautobahn.

Plötzlich bellte ein Hund und ich klammerte mich instinktiv an Phil.

»Entspann dich, Gabrielle, hier passiert dir nichts«, sprach er beruhigend auf mich ein und strich mir über die Haare, die von der wabernden Luftfeuchtigkeit ganz klebrig waren.

Nachdem er ein schweres Vorhängeschloss geöffnet hatte, umfasste George den Griff einer Schiebetür und zog mit aller Kraft daran. Die Eisentür quietschte in ihrer verrosteten Schiene. Ein endlos langes, schrilles Kreischen hallte durch die schwarze Nacht. Fröstelnd drückte ich mich noch näher an Phil.

»Schließ die Augen, Gabrielle. Ich sage dir, wann du sie wieder aufmachen sollst«, bat Papa George.

Ich gehorchte, ohne eine Frage zu stellen, ließ mich von Phil führen und zitterte wie Espenlaub.

»Heb die Füße an! Wir gehen jetzt rein.«

Ich hob die Beine so hoch wie möglich und zog die Knie nach oben wie ein rosa Flamingo, der durchs Wasser watet.

George hatte uns überholt. Ich spürte den Luftzug, als er an mir vorbeiging.

»Stopp! Du bist an der richtigen Stelle. Augen geschlossen halten, ich komme gleich zurück«, sagte Phil.

»Nein! Ich will nicht allein bleiben!«

»Stell dich nicht so an, Gabrielle. Es dauert nur ein paar Sekunden.«

Auch wenn es peinlich ist, muss ich zugeben, dass ich ganz schön Schiss hatte.

»Augen auf!«, riefen meine beiden Väter gleichzeitig.

Ich folgte ihrer Aufforderung und war sofort von den Lampen, die sie kurz vorher eingeschaltet hatten, geblendet. Mehrere Schienen mit Halogenspots tauchten die Halle in ihr gleißendes Licht. Über die gesamte Deckenlänge der Halle waren sie an Stahlträgern angebracht. Das Scheinwerferlicht war grell, schärfer als eine Rasierklinge und so stechend, dass ich davon weinen musste. Die Tränen liefen mir über die Wangen und hinterließen glänzende Spuren.

Ich rieb mir die Augen und sobald ich wieder etwas erkennen konnte, sah ich die HOMMOTS!

Da waren sie, direkt vor mir, versetzt angeordnet und an Tauen befestigt, die von Rundbögen über unseren Köpfen herabhingen. Gewaltig! Fantastisch! Einzigartig! Ich fand keine Worte, die stark genug waren, um sie zu beschreiben.

*

Links von mir war mein HOMMOT, das Bild, das George später vor der Razzia der Polizei in Sicherheit bringen konnte. Ich sehe es jetzt in meinem Zimmer vor mir, während ich um mich schlage und der Mann mich erst mit seinem Arm festhält und mich dann einfach wie einen Kartoffelsack vom Boden hochhebt.

»Jetzt beruhige dich aber mal, Gabrielle, also wirklich, und hör auf zu brüllen!«, befiehlt die Frau, die mich ohne viel Federlesens unter dem Bett hervorgezogen hat.

Ich gerate erst recht in Panik, weil sie meinen Vornamen kennt, und schreie weiter.

Mein ganzer Wille konzentriert sich darauf, vor diesem HOMMOT Widerstand zu leisten. Es ist vielleicht das letzte Erinnerungsstück, das mir von Phil und George bleiben wird.

»Wir müssen weg, schnell!«, schimpft der Mann ungeduldig.

Zusammen verlassen wir das Zimmer, während er mir mit seiner Hand den Mund zuhält und mir dabei schmerzhaft die Nase zerquetscht.

12

»Was hältst du davon, Gabrielle?«

Meine Eltern führten mich durch die HOMMOTS. Phil stellte mir die Frage mit leise bebender Stimme, die verriet, wie wichtig ihm meine Meinung ist. Beide vermieden es, mich anzusehen. Sie wirkten aufgewühlt, warteten auf meine Reaktion.

Ich nahm die Halle nicht mehr wahr, war völlig hypnotisiert von den HOMMOTS, im Bann der inneren Kraft, die sie verströmten.

»Worte und Menschen …«, begann Phil angesichts meines Schweigens und wollte mir die Idee des Projekts erklären.

»Ja, wir haben versucht, Menschen und Worte in Bildern darzustellen. Die Menschen sind nichts ohne Worte. Sie sind es, die uns einen Namen geben und erst zu wahrhaftigen Lebewesen machen. Mit ihnen bekämpfen wir unsere Ängste und mit ihnen gelingt es uns, Frieden zu schließen. Der Gesellschaft fehlt es heute an Worten, sie gibt der Barbarei den Vorzug vor der Kultur, verstehst du, Gabrielle.«

Ich hörte nur mit halbem Ohr zu. Die HOMMOTS erfüllten mich. Ich hatte nicht den geringste Bedarf an erklärendem Gelaber, um dies alles zu verstehen. Die Bilder zeigten gleichzeitig eine animalische und eine schrecklich menschliche Seite. Und ich als elfjähriges Mädchen empfand beim Betrachten eine seltsame und betörende Ergriffenheit.

Ich spürte, dass diese HOMMOTS mich innerlich wachsen ließen.

Wir gingen durch die ganze Ausstellung, bis wir wieder an unseren Ausgangspunkt zurückkehrten. Ich fühlte mich so leicht, so glücklich und so unbeschwert, dass ich mich George an den Hals warf und ihn auf beide Wangen küsste. Zwei dicke feuchte Schmatzer! Ich wiederholte das Ganze bei Phil, der sich vergeblich dagegen wehren wollte. Ich war unbesiegbar! Dann mussten wir lachen. Es war ein absolutes Bedürfnis zu lachen, wie bei einem Dampfkochtopf kurz vor dem Explodieren. Die Spannung musste raus, ansonsten wären wir daran erstickt. Die HOMMOTS lachten sich auch tot, aber auf ihre Weise. Jedes einzelne Werk war ein gewaltiger Schlag gegen die Dummheit und eine Kampfansage an die Unkultur und Verrohung. Die Fotos hatten ein riesengroßes Format und es ging eine Ausstrahlung von ihnen aus, die mich mitten ins Herz traf.

»Und?«, fragte George schließlich.

»Wow!«, stieß ich hervor.

»Das ist genau die Reaktion, die wir von unserer Tochter erwartet haben«, war Phils Kommentar.

Zehn Minuten später fuhren wir nach Hause, überglücklich, zusammen zu sein und diesen so starken Augenblick gemeinsam erlebt zu haben.

Kaum lag ich in meinem gemütlich warmen Bett, mit bis ans Kinn hochgezogener Decke, schlief ich auch schon wie ein Stein und träumte von einer Welt voller HOMMOTS …

Die Ausstellung wurde geschlossen, die Werke auf der Stelle beschlagnahmt in der Absicht, sie anschließend zu verbrennen. Am Morgen nach der Vernissage hatte ein Gerichtsvollzieher das schwere Hallentor versiegelt. Polizisten standen Wache, um sicherzustellen, dass niemand den Raum betrat.

Die HOMMOTS wurden von der Justizbehörde als »Verstoß gegen Sitte und Anstand« deklariert und als »Gefährdung der öffentlichen Ordnung« eingestuft. Meine Eltern erhielten eine Vorladung zum Kommissariat und waren den ganzen Vormittag dort, um der Polizei Rede und Antwort zu stehen.

»Wir müssen innerhalb von achtundvierzig Stunden unsere Wohnung verlassen. Wir sind verpflichtet, in den nächsten zwei Tagen ins Getto umzuziehen, ansonsten werden wir festgenommen und eingesperrt, Phil und ich.«

Ich weinte viel. Meine Eltern auch. Sie waren gleichzeitig verzweifelt und zornig, dieser großen Ungerechtigkeit so ohnmächtig ausgeliefert zu sein. Die darauf folgenden Stunden, die wir mit dem Umzug verbrachten, sind aus meinem Gedächtnis verschwunden. Ich will mich auch nicht mehr daran erinnern.

Ich weiß allerdings nicht, mit welchem Trick es George gelungen ist, sich vor unserer Abfahrt ein HOMMOT unter den Nagel zu reißen.

»Das ist für dich. Wir hängen es in deinem zukünftigen Zimmer auf«, sagte er, als er es auf dem Fußboden unseres Wohnzimmers zusammenrollte.

Es ist drei Meter lang und einen Meter fünfzig breit, das kleinste von allen HOMMOTS: Eine Farbfotografie, die ein »lebendiges« Wort darstellt: LIEBE.

Jeder Buchstabe besteht aus ineinander verschlungenen Menschen, wie ein Gewirr von Lianen. Sie sind vollkommen nackt und von atemberaubender Schönheit. Man erkennt niemanden, Gesichter und Geschlechtsteile sind bedeckt, sei es von einem Arm, einem Bein, einem Oberkörper, einem Gesäß einem Fuß … Meine LIEBE eine Hymne an die Zärtlichkeit und alles andere als unzüchtig.

Jedes HOMMOT hatte den gleichen Bildaufbau. Phil und George wollten alles ganz neutral gestalten: ein Panoramafoto auf weißem Hintergrund. Die HOMMOTS setzten sich entweder nur aus Buchstaben-Frauen oder aus Buchstaben-Männern zusammen. Ein einziges Bild, TOLERANZ, war gemischt und bestand aus in gleicher Anzahl ineinander verflochtener Männer und Frauen.

Insgesamt waren es zehn Bilder:

LIEBE (Männer),
TEILEN (Männer),
JUNGEN (Frauen),
FREIHEIT (Frauen),
TOLERANZ (gemischt),
MÄDCHEN (Männer),
LEBEN (Frauen),
HOFFNUNG (Männer),
GEIST (Frauen),
SANFTMUT (Männer).

Die Zeitungen sprachen von »schändlicher Kunst«, von »widerlicher Provokation« und von einem »unglaublichen Angriff auf die moralischen Werte«. Zahlreiche Experten äußerten sich ausführlich in den Medien, sie benutzten nicht dieselben Worte wie meine Eltern. Ihre Kommentare waren durchdrungen von Angst, Intoleranz und Hass.

Phil schnitt die Artikel, die er in den Zeitungen und Zeitschriften lesen musste, aus, um sie in einer Pressemappe zu sammeln, eine Art Nachruf auf die Kunst. Papa schrieb mit wasserfestem schwarzen Filzstift in großen Lettern »HOMMOTPHOBIE« auf das Deckblatt.

Ich erinnere mich an eine dicke Überschrift auf der Titelseite einer Fachzeitschrift, die mir ins Auge gefallen war: „Wie die HOMMOTS die Kunst pervertieren und die Gesellschaft vergiften."

*

Und an meine vielleicht für immer verlorene LIEBE denke ich jetzt, als ich zwischen meinen beiden Entführern auf der Rückbank eines Autos sitze, das vor unserem Wohnblock im Getto geparkt ist.

Ich habe aufgehört zu schreien, weil meine Stimme versagt. Der Mann reibt sich die Hand, in die ich hineingebissen hatte, als er sie auf meinen Mund gepresst hat, um mich zum Schweigen zu bringen. Der Abdruck meiner Zähne ist auf seinem Handballen sichtbar, tief und violett.

Die Frau beugt sich zu mir, schaut mir fest in die Augen und flüstert mit drohendem Unterton in der Stimme:

»Jetzt hörst du mir mal gut zu …«

Sie spricht sehr leise, aber es kommt mir vor, als würde sie schreien.

13

Ein unbändiges Lachen, ein Lachen ohne Ende, immer wieder gespeist vom Lachen über ihr Lachen. Meine Eltern müssen stehen bleiben und sich gegenseitig festhalten. Sie stützen sich auf der Lehne einer Parkbank ab, vom Lachen so geschüttelt, dass sie nicht weitergehen können.

Sie sind schon eine halbe Stunde gelaufen, mit gesenktem Kopf, erfüllt von Angst, Angst, von einer Drohne verfolgt oder entdeckt, verraten und festgenommen zu werden und mich nie wiederzusehen.

Es ist ein Lachen jenseits alles Lächerlichen. Meine Eltern freuen sich in genau diesem Augenblick, dass sie leben, und sie lachen über die Farce, in ein Getto eingesperrt zu werden, nur weil sie sich lieben.

»Wir werden noch auf uns aufmerksam machen«, sorgt sich George mit Tränen in den Augen und trockenem Mund.

»Ja«, pflichtet Phil kurzatmig und von Seitenstechen geplagt bei. »Ich denke sogar, wir sollten uns trennen. Sie suchen nach zwei Männern, nicht wahr? Also wechselt einer von uns die Straßenseite.«

»Einverstanden, das machen wir. Aber ich frage mich, was uns geritten hat, wie die Idioten zu lachen?«

»Aber das hat gutgetan, oder?«

Phil legt eine Hand auf die Schulter von George, der sich aufrichtet und umsieht. Mit dem Hemdsärmel wischt er sich den von der Stirn tropfenden Schweiß ab.

»Abgemacht, ich nehme den Gehsteig gegenüber und du bleibst auf diesem. Der Ort kann nicht mehr weit entfernt sein, dort erwartet man uns.«

»Bist du sicher, dass es diese Adresse ist?«, fragt Phil unruhig nach.

»Die Person am Telefon vorhin im Taxi hat ganz nachdrücklich gesagt: ›An dem euch bekannten Treffpunkt …‹ Sie sprach eindeutig davon. Man hat uns doch bei unserer Ankunft im Getto nahelegt, eine Nummer für den Notfall auswendig zu lernen.«

Phil nickt und George wechselt den Gehsteig. Er achtet darauf, zusammen mit einem Paar und einem alten Herrn den Zebrastreifen zu überqueren und ist erleichtert, dass sie ihn nicht beachten. So gehen beide weiter, ohne sich aus den Augen zu lassen, einige sich lang hinziehende Minuten, getrennt von einer Straße, deren Verkehr im Rhythmus der dreifarbigen Ampeln pulsiert.

*

Nachdem man meine Eltern zum Umzug ins Getto gezwungen hatte, wurde das Lachen für sie zu einem lebensnotwendigen Ventil. Trotz unserer mehr als prekären Situation sah ich sie beim kleinsten Anlass losprusten und sie wurden von unglaublichen Lachsalven gebeutelt, bis keine Träne mehr aus den Augen floss. Ich muss zugeben, dass es mich total nervte, wenn sie sich über jeden Quatsch schieflachten. Ich hatte das Gefühl, dass sie sich über mich lustig machten und dass ihr Gelächter erst recht auf mich abzielte, wenn ich ihrem Humor nicht folgen konnte und mir mein Lachen im Hals stecken blieb. Ich brachte oft nur ein schiefes Grinsen zustande. Das erheiterte sie noch mehr und ich war noch verstimmter. Eines Tages reichte es mir und ich bekam einen Tobsuchtsanfall, als sie mal wieder wegen nichts und wieder nichts am Gackern waren:

»Was liegt ihr hier auf dem Sofa herum und haltet euch die Bäuche vor Lachen? Glaubt ihr denn, es sei witzig, hier zu leben? Verdammt noch mal! Ich habe genug davon, von euch veräppelt zu werden! Ich hasse euch!«

Meine Wangen waren feuerrot vor Zorn. Ich muss bedrohlich gewirkt haben, denn Phil hörte sofort auf zu kichern und zwickte George, der weiterhin wie ein Truthahn gluckste.

»George, stopp! Meine Güte, jetzt hör auf! Du siehst doch, dass die Kleine ganz außer sich ist!«

Sie starrten sich eine Sekunde lang an und schon ging es wieder los, sie fielen sich in die Arme und wieherten wie zwei Pferde.

»Hört endlich auf!«, brüllte ich.

Mit einem Fußtritt brachte ich den Couchtisch zum Trudeln und schloss mich in meinem Zimmer ein. Ich biss in mein Kopfkissen, mit dem absurden Wunsch, es in Stücke zu reißen, als ich hörte, dass jemand an meine Zimmertür klopfte.

»Haut ab! Ich will euch nicht mehr sehen!«

»Gabrielle, mein Schatz, hier ist Phil …«

»Nein! Verschwinde!«

»George steht neben mir, wir wollen uns bei dir entschuldigen.«

»Ihr macht euch nur wieder lustig über mich, das weiß ich! Lasst mich einfach in Ruhe!«

»Versprochen, Gabrielle, wir lachen nicht mehr. Komm schon, mach die Tür auf, damit wir uns wieder vertragen.«

Ich stand auf, aber ich zögerte noch, ob ich sie etwas hinter der Tür warten lassen sollte. Andererseits hielt ich es nicht aus allein zu sein.

Ich öffnete und da standen sie zerknirscht vor mir wie zwei Lausbuben. George stand etwas weiter weg. Ich sah, dass er sich noch nicht ganz von seinem Lachkrampf erholt hatte und sich zusammenreißen musste, um nicht wieder zu explodieren.

»Danke, Gabrielle«, sagte Phil. »Du bist ein liebes Mädchen und wir sind zwei Esel.«

Er kam nicht in mein Zimmer, aber er nahm meine Hand und ging in die Knie, um mir etwas anzuvertrauen.

»Als ich in deinem Alter einmal zum Steinerweichen traurig war, ging ich zu meiner besten Freundin. Ich habe Dir schon von ihr erzählt, sie hieß Nicolette. Dieses Mädchen hatte eine Gabe: Sie konnte lachen wie keine andere. Sie sah mich von Weitem kommen mit meiner Friedhofsmiene und noch bevor ich einen Pieps gesagt hatte, hatte sie begriffen. Sie nahm mich bei der Hand, wie ich es jetzt bei dir tue, und fragte: ›Philipp, spielen wir Lachen?‹ Wir setzten uns auf die Erde und überkreuzten die Beine im Schneidersitz, ohne ein weiteres Wort zu wechseln.«

Phil blinzelte mir zu, holte tief Luft und fuhr dann fort:

»Zuerst war das Lachen gezwungen, wir taten nur so, als würden wir lachen. Wir hatten Angst davor, uns lächerlich zu machen, glaub mir! Aber genau dieses Lächerliche veranlasste uns, wie verrückt zu lachen.«

Er machte eine Pause, damit ich mir die Szene vorstellen konnte.

Hinter seinem Rücken atmete George geräuschvoll. Es hörte sich an wie eine Rakete auf der Startplattform mit laufenden Motoren kurz vor dem Abflug.

Phil ließ sich sanft auf den Boden fallen, kreuzte die Beine im Schneidersitz und lud mich ein, es ihm gleichzutun. Und so saßen wir unter dem Türrahmen meines Zimmers auf dem Fußboden.

Er erzählte weiter:

»Nicolette steckte mich mit ihrem unglaublichen Lachen einfach an. Es ploppte aus unseren Mündern wie Seifenblasen. Wir lachten wie die Bekloppten und ich dachte, ich könnte nie mehr aufhören. Es dauerte lange, sehr lange … Aber als es nachließ, blieb ein herrliches Wohlbehagen zurück. Ich, der zuvor unendlich traurig gewesen war, fühlte mich trunken vor lauter Glück, es war wie Magie.«

Phil schmunzelte bei dieser Erinnerung und seine Gesichtszüge entspannten sich.

»Ich sehe mich immer noch«, murmelte er.

Dann fing er mit seinem Mienenspiel an, verzerrte den Mund, kräuselte die Nase. Es folgte ein künstliches Lachen, ein herausplatzendes Lachen, wie bei einem Kartenhaus, das mit einem Knall zusammenfällt.

Hinter ihm stimmte George mit ein. Das war so komisch, dass ich auch davon angesteckt wurde. Ich lachte und lachte und lachte …

*

Phil trifft George vor dem Eingang eines fünfstöckigen Wohnblocks. Es gibt kein Namensschild. Über einem Klingelknopf klebt nur ein abgerissener Papierfetzen mit schon halb verwischter Beschriftung. Lediglich ein R und ein S sind lesbar.

»Hier muss es sein«, sagt George und deutet auf die Buchstaben.

»Klingeln wir?«

»Am Telefon hat sie gesagt: dreimal kurz, einmal lang, dann abwarten.«

George drückt wie vorgegeben auf die Klingel. Meine Eltern warten geduldig. Nach weniger als zwei Minuten öffnet ihnen eine alte Dame, streckt den Kopf hervor und wirft einen kurzen Blick auf die Straße.

»Bleiben Sie nicht hier stehen, kommen Sie rein«, sagt sie einladend.

Kaum sind sie im Haus, fragt Phil: »Was ist mit Gabrielle?«

Die alte Dame antwortet nicht, bevor sie die beiden in eine Wohnung der oberen Etagen geführt und die Wohnungstür zweimal hinter sich abgeschlossen hat.

»Ich heiße Solange, aber man nennt mich ›Mam‹. Das ist mir lieber«, sagt sie endlich.

14

Es riecht nach Benzin. Es ist dunkel. Ich liege ganz zusammengekrümmt mit hochgezogenen Knien da, das Kinn auf der Brust, wie ein Fötus. Die Frau hat mich zugedeckt und den Kofferraum über mir zugeschlagen. Ich frage ich mich einen Moment lang, ob es gut war, ihr zu vertrauen.

Zuerst hatte ich Angst zu ersticken, aber die Luft zirkuliert ganz gut. Wir fahren. Die Schwellen auf dem Asphalt übertragen sich auf mich. Jeder Buckel, jedes Schlagloch, die kleinste Spurrille schüttelt meinen ganzen Körper durch.

Der Mann hatte sich ans Steuer gesetzt, bevor ich in den Kofferraum geklettert bin. Ich konnte seinen Rücken durch die Heckscheibe sehen und habe bemerkt, dass sein Nacken sorgfältig ausrasiert war, wie bei Soldaten üblich, was mich nicht gerade beruhigte. Die Frau dürfte jetzt neben ihm sitzen. Sie hatte eine große Überzeugungskraft an den Tag gelegt. Ich hatte gespannt darauf gelauert, dass sie sich in ihrer Rede verplapperte, auf einen Hinweis dafür gewartet, auf ein Wort, das sich falsch anhörte, aber da war nichts. Vielleicht hatte sie sich gut vorbereitet und legte sich nun ins Zeug, um mir alles zu servieren wie ein Schauspieler, der seinen Text vorträgt. Aber nein, meine Fantasie geht wohl mit mir durch!

»So, jetzt weißt du alles«, hatte sie ihre lange Rede beendet. »Wir werden das Getto verlassen und du musst dich im Kofferraum verstecken. Man wird uns nicht kontrollieren, sie sind es gewohnt, dass wir beide oder andere mindestens ein- bis zweimal die Woche vorbeikommen. Wir werden zuerst am Kontrollpunkt im Süden anhalten. Das dauert höchstens ein bis zwei Minuten, aber du darfst dich auf keinen Fall bemerkbar machen. Hast du verstanden, keinen Ton«, sagte sie nachdrücklich.

Sie ist groß, blond, kaum geschminkt und unauffällig gekleidet. Ihre Haare sind nach hinten gekämmt, was ihre Gesichtszüge hart wirken lässt. Sie hat mir nicht gesagt, wie sie heißt, der Mann auch nicht. Er schaut grimmig, ist in einen viel zu kleinen Anzug gezwängt, als hätte ihm ein Spaßvogel von Verkäufer einen Streich spielen wollen. Er hat breite Schultern und den gedrungenen Hals eines Ringers. Phil würde ihn als »Kleiderschrank« bezeichnen, George als »Spitzel«.

Vor langer Zeit hatte ich Phil mal gefragt, was der Begriff Spitzel bedeutet, nachdem ich in einem Spionageroman darauf gestoßen war.

Ich bin gefangen in einem Kofferraum und grübele. Und wenn sie doch von der Miliz sind? Wenn sie mich, aus welchem Grund auch immer, gesucht haben? Wenn sie mich belogen haben? Aber warum dann so viele Vorsichtsmaßnahmen? Sie hätten mich doch einfach schnappen können, es wäre unnötig gewesen, mir alle möglichen Ammenmärchen über meine Eltern zu erzählen!

Ich habe versprochen, mich zu beruhigen und ihnen zu gehorchen, nachdem ich den Mann gebeten hatte, mein HOMMOT aus meinem Zimmer zu holen.

»Bitte!«, habe ich ihn angefleht.

Er hat gezögert, sich zu der Frau umgedreht, die nur mit den Schultern zuckte. Der Mann hat den Mund geöffnet, als wolle er etwas sagen, aber er hat nur etwas in sich hinein gegrummelt und mir einen wütenden Blick zugeworfen.

»Geh schon«, hat ihn die Frau dann aufgefordert, die offenbar die Aktion dirigierte.

Der Mann ist in die Wohnung zurückgegangen und fünf Minuten später mit meiner LIEBE, die er zusammengerollt unter dem Arm trug, zurückgekommen. Er hat die Rolle längs zwischen die Vorder- und Rücksitze geschoben. Sie passte gerade so rein, ich glaube aber, er hat sie beschädigt.

»Bist du jetzt zufrieden?«

Der Mann wandte sich eher an die Frau als an mich.

*

Als wir unsere neue Wohnung im Getto bezogen, waren wir nicht die Einzigen. Im Wohnblock gab es ein ständiges Kommen und Gehen, die Leute sprachen sich im Treppenhaus an.

Es entstand eine Art vorgetäuschte Feststimmung, aber die düsteren Mienen und die verweinten Gesichter derjenigen, denen wir begegneten, holten uns in die harte Realität zurück. Die Mieter waren ausnahmslos verheiratete homosexuelle Paare mit oder ohne Kinder. Später haben sich meine Eltern mit vielen unserer Nachbarn angefreundet. Die Tatsache, dass sie wie wir vom Staat verbannt und geächtet waren, schweißte sie zusammen. Gegenseitiger Beistand ist nicht nur ein leeres Wort und wie oft haben George und Phil den anderen geholfen.

Vor Ort war eine Nichtregierungsorganisation damit beauftragt, uns zu betreuen. Ehrenamtliche Helfer erklärten uns die Bedingungen unseres neuen Status, welche Regeln wir einzuhalten und welchen Schreibkram wir zu erledigen hatten. Gleich bei unserer Ankunft händigten sie uns eine Karte vom Getto aus, die die Grenzen unseres Freigeheges aufzeigte. Der Eingang lag im Norden, der Ausgang im Süden, dazwischen waren wir eingeschlossen von hohen, mit Stacheldraht bewehrten Mauern. Einzelne Punkte auf der Karte wiesen die Lebensmittelgeschäfte aus, andere die Wachposten der Miliz, daneben in der Straßenecke das Gesundheitszentrum und so weiter.

Zu Beginn bezeichneten viele Personen das Getto als Konzentrationslager, aber schon bald war dieser Begriff tabu. Die offizielle Bezeichnung war nun: ›Auffangzentrum zur familiären Prophylaxe‹.

Im Laufe der Tage, der Wochen und der Monate kümmerten sich ehrenamtliche Helfer immer mehr um die Bewohner des Gettos, vor allem um die Schwächsten unter ihnen.

Als es nicht mehr erlaubt war, zu arbeiten und man ohne Passierscheine, die nur sparsam vergeben wurden, nicht mehr nach Paris fahren durfte, musste man auf seine Reserven zurückgreifen oder sich irgendwie durchschlagen, um zu überleben. Glücklicherweise hatten Phil und George ein paar Ersparnisse auf der Bank und ihre Kunstwerke verkauften sich immer noch. Aber einige unserer Nachbarn gerieten in große Schwierigkeiten.

HUF, eine Hilfsorganisation zur Unterstützung der Familien, die sich für die Belange der Rosa Rauten im Lager einsetzte, arbeitete unablässig, um die dringendsten Bedürfnisse zu befriedigen: Lebensmittelkarten, Kleidung, Erste Hilfe und Unterstützung zum Beispiel in technischen oder schulischen Fragen (bevor uns der Schulbesuch verwehrt wurde).

Man erzählte sich, dass die HUF allerhand Risiken auf sich nahm. Geschichten kursierten im Getto über »Ausschleusungen«, unerlaubte finanzielle Hilfen und zahlreiche gewagte Manöver die Runde.

»Das sind nur Gerüchte«, entgegnete George, als ich ihm eines Tages von einer Sache berichtete. »Verbreite nicht solchen Unsinn weiter, Gabrielle!«

Ich war erstaunt über den harten Tonfall meines Vaters. Es war wie eine unausgesprochene Drohung, falls ich jemals damit hausieren gehen würde. Seine Reaktion hatte mich so nachhaltig beeindruckt, dass ich nie mehr in der Öffentlichkeit darüber sprach.

*

Ich nehme an, dass wir den südlichen Kontrollpunkt hinter uns gelassen haben, denn das Auto fährt jetzt schneller. Der Verkehr scheint zugenommen zu haben, es gibt häufiger Hupkonzerte. Wir halten wohl vor einer Ampel und ich höre Stimmen, Kindergeschrei, Musik, viele Anzeichen eines Lebens, das es so im Getto nicht gibt, wo Versammlungen von mehr als drei Personen untersagt sind.

Danach, ich könnte nicht sagen, wie lange das gedauert hat – war es die Müdigkeit, das Schlingern im Innern des Kofferraums oder die Anspannung? – schlafe ich ein, während wir auf ein mir unbekanntes Ziel zufahren.

15

»Schau mal!«

Wir sind in unserer Pariser Wohnung. Papa Phil steht vor dem großen Fenster und genießt mit mir die Aussicht. George ist in der Küche und ich höre ihn pfeifen, während er das Essen zubereitet.

»Es ist schön, findest du nicht?«, fragt Phil.

Die HOMMOTS sind in den Straßen, auf den Mauern, sie stehen auf Dächern, in Schaufenstern, auf den Fassaden von öffentlichen Gebäuden, in der Metro, in den Parks, oben auf den Türmen, überall. Sie sind zu nationalen Wahrzeichen geworden, die Worte, die unsere Werte darstellen und die sich inzwischen auf der ganzen Welt verbreiten. Meine Eltern sind immer in Aktion, sie arbeiten fünfzehn Stunden am Tag oder mehr. Die HOMMOTS sind in unsere gemeinsame Vorstellungswelt eingedrungen. Jeder möchte ein eigenes haben, klein- oder großformatig. Die HOMMOTS bevölkern und verzaubern das alltägliche Leben. Man bewundert sie; sie sind das Symbol einer verwandelten brüderlichen Gesellschaft.

»Das Essen ist gleich fertig!«, ruft George aus der Küche.

Papa Phil und ich gehen zu ihm. Er fährt mit der Hand über meinen Kopf und verstrubbelt meine Haare. Ich lächle und bin glücklich.

Die Küche ist riesig. Oberhalb des Kühlschranks haben meine Eltern eine Reproduktion eines HOMMOT aufgehängt: ZUSAMMENLEBEN. Es ist von Personen beiderlei Geschlechts dargestellt, von Erwachsenen, Jugendlichen, Babys und Greisen. Es ist das erste Werk meiner Väter nach unserer Rückkehr aus dem Getto, welches inzwischen abgerissen und durch einen wunderbaren Park voller Bäume ersetzt wurde. Das Original ist gigantisch groß und befindet sich heute im offiziellen Speisesaal des Élysée-Palastes.

»Gebratene Meerbarbe, Kartoffelpüree und Schwarzwurzeln«, verkündet George wie ein Oberkellner, als er die Pfanne auf den Tisch stellt.

Die Fische brutzeln noch im heißen Olivenöl weiter. Sie haben eine schöne orangerote Farbe angenommen. George hat sie im letzten Moment mit Zitrone beträufelt und der herbe Duft von Zitrusfrüchten erfüllt den Raum.

»Das esse ich leidenschaftlich gerne!«, rufe ich und das Wasser läuft mir im Mund zusammen.

»Ah, Gabrielle hat gerade unser nächstes HOMMOT gefunden: LEIDENSCHAFT!«, begeistert sich Phil.

»Es wird weiblich sein«, verkündet George mit Bestimmtheit.

»Männlich«, erwidere ich, nur um ihn zu necken.

»Menschlich ist das einzige Geschlecht, das ich gelten lasse«, sagt Phil zwischen zwei Gabeln Kartoffelpüree.

»Wir werden alle als Männer oder Frauen geboren«, bremst ihn George. »Ich wüsste nicht, warum man das leugnen sollte. Das hat keinen Sinn.«

»Das Geschlecht an sich ist nicht das Problem, sondern das, was man daraus macht. Die Diskriminierungen, die daraus abgeleitet werden«, verteidigt sich Phil, der plötzlich ganz ernst geworden ist. »Unsere HOMMOTS sind zugleich männlich und weiblich, sie sind beides oder keines von beidem. Und deshalb rühren sie uns so an.«

Auf den Tellern liegen nur noch Gräten und die Schüssel mit dem Püree ist leer. George fährt mit dem Zeigefinger über den Rand und leckt ihn genüsslich ab. Dann steht er auf, um den Nachtisch aus dem Kühlschrank zu holen: Ein köstlicher HOMMOT-Kuchen, den der Konditor am Ende der Straße für uns kreiert hat. Das lateinische Wort SAPIENTIA steht darauf. Das bedeutet gleichzeitig Weisheit und Erkenntnis, wie mir meine Eltern erläutert haben.

»Wer möchte das S?«, fragt Phil, als er den Kuchen aufschneidet. Ich hebe die Hand und bekomme das erste Stück. Auf meinem S türmen sich Sahne und Schokolade. Weisheit und Erkenntnis schmecken lecker und da sie so süß und zuckrig sind, können wir sie uns ohne jegliche Anstrengung einverleiben. George und ich schlagen uns ganz schön den Bauch damit voll.

Noch mit vollem Mund frage ich:

»Und GOTT? Ist er männlich oder weiblich?«

Hat die ganze in mich hinein gestopfte SAPIENTIA dazu geführt, dass ich diese Frage stelle?

Meine Väter schauen mich überrascht an. Über Gott reden wir normalerweise nicht. Ich weiß nicht einmal, ob er existiert, aber wenn es der Fall sein sollte, dann muss er, was die Weisheit angeht, ganz schön was auf dem Kasten haben.

»Du hast recht …«, räumt Phil ein, nachdem er einen Augenblick nachgedacht hat, »damit haben wir uns noch nie beschäftigt.«

»Und wie ist er für euch?«, will ich wissen.

Nach einem kurzen Schweigen, leuchtet Georges Gesicht auf. »Für mich«, sagt er, »ist GOTT ein Kunstwerk!«

»Ganz genau«, bekräftigt Phil hingerissen. »Und wir werden uns gleich heute Nachmittag ans Werk machen. Mal sehen, was dabei herauskommt.«

Meine Väter stehen auf, umarmen sich und tänzeln um den Tisch herum, glücklich, ein neues Projekt angehen zu können, aber vor allem, einen Grund zu haben herumzualbern, anstatt mir eine präzise Antwort zu geben. »Und ich?«

Meine Eltern haben nie ein HOMMOT aus meinem Vornamen gemacht. Ich träume davon, einen der Buchstaben darzustellen, ein HOMMOT, in dem ich selbst der »Rohstoff« wäre. Das Plakat würde ich neben meine LIEBE hängen.

»Meinst du GABRIELLE?«, fragt Phil.

»Gabrielle? Gabrielle!«, wiederholt George, als wäre er ein Papagei.

»Ja genau, Gabrielle!«, entgegne ich verärgert und sogar beleidigt, weil sie so erstaunt sind.

»Gabrielle? Gabrielle?«

»Sie schläft.«

»Gabrielle? Hallo! Gabrielle, wach auf! Wir sind angekommen.«

Langsam tauche ich aus meinem Traum auf. Ich bin völlig durcheinander. Die Decke liegt nicht mehr auf mir, sie wurde weggezogen und mir ist sehr kalt.

»Gabrielle, geht's dir gut?«

Das ist die Frau. Ich nehme an, der Mann steht hinter ihr. Der Kofferraum ist offen. Gelbliches Licht erleuchtet einen Raum, offenbar ist es eine Tiefgarage. Ich habe Probleme, mich zurechtzufinden, aber vor allem bin ich sauer auf sie, weil sie mich gerade in dem Augenblick geweckt haben, in dem ich erfahren sollte, ob GABRIELLE zu einem HOMMOT wird.

»Komm, wir helfen dir«, sagt die Frau zu mir.

Der Mann umfasst ohne abzuwarten meine Taille und hebt mich aus dem Kofferraum heraus. Und schon stehe ich auf meinen Füßen, wenn auch noch schwankend.

»Wo sind meine Eltern?«, frage ich mit belegter Stimme.

Meine Zunge klebt am Gaumen, ich habe Durst.

»Sie wird dir alles erklären«, erwidert die Frau und dreht sich um.

Ich sehe eine dritte, ältere Person, die näher kommt und mir über die Wange streichelt. Sie ist in einen großen Wollschal gewickelt.

»Du bist also Gabrielle«, sagt sie freundlich.

»Meine Eltern? Wo sind meine Eltern?«

»Lass uns nicht länger hierbleiben, komm mit«, drängt die alte Dame, ohne auf meine Frage einzugehen.

Sie nimmt mich bei der Hand und zieht mich mit sich. Verblüfft wehre ich mich dagegen, aber sie lässt mich nicht los und mir bleibt nichts anderes übrig, als ihr zu folgen.

Der Mann und die Frau, die mich bis zu der Tiefgarage gebracht haben, begleiten uns nicht. Ich drehe mich um und sehe sie ins Auto einsteigen. Wenige Sekunden später verrät das Motorgeräusch und die quietschenden Reifen, dass sie sich gleich wieder auf den Rückweg machen.

»Meine LIEBE!«, schreie ich auf, denn mir ist siedend heiß eingefallen, dass mein HOMMOT zwischen den Sitzen der Rückbank geblieben ist.

Meine Stimme klingt als Echo im Parkhaus wider, bis sie im gleichen Augenblick verhallt wie das Licht erlischt. Ich bleibe vor Schreck stehen, woraufhin die Frau auch stehen bleibt und mir zuhören muss.

»Meine Eltern? Phil und George? Wo sind meine Eltern, Madame?«

Sie lässt sich zu keiner Antwort erweichen, als hätte sie mich nicht verstanden. Mein Herz schlägt wie wild und meine Kehle ist wie zugeschnürt. Wir verlassen die Tiefgarage und gehen durch einen schmalen, schwach beleuchteten Korridor. Einige Meter weiter befindet sich ein Aufzug. Wir fahren hinauf, nachdem sie auf den Knopf für die dritte Etage gedrückt hat.

»Du bist in Sicherheit, Gabrielle«, sagt die alte Dame endlich, lässt meine Hand los und lächelt mir zu.

Sie fröstelt, ihre Wangen beben, und als würde sie aus einem Traum aufwachen, sagt sie dann:

»Ich heiße Solange, aber man nennt mich ›Mam‹, das ist mir lieber …«